낭만을 잊은 그대에게

낭만을 잊은 그대에게

불안하고 막막한 시대를 건너고 있는

김성중 지음

낭만이 필요합니다

4차 산업혁명과 인공지능의 등장은 우리의 삶을 크게 바꿔놓았습니다. 스마트폰 하나로 극장 예약에서부터 은행 업무까지 모두 해결할 수 있죠. 사물인터넷, 3D 프린터, 드론의 상용화, 자율주행차, 사람처럼 움직이는 로봇 등을 보면 생활 곳곳에서 그 변화가 실감이 납니다. 오늘날 인류는 역사상 가장 발전된 과학의 혜택을 향유하는 중입니다. 그래서 우리는 지금이 인류 역사상 가장 문명이 발달한 시대라고 믿고 있습니다. 틀린 말은 아닙니다. 미래는 아직 다가오지 않았으니, 과거 어느 때보다 지금 현 시점이 과학이나 산업이 가장 발달한 상태임은 분명하죠.

그런데 인류가 이런 엄청난 격변을 경험한 것은 처음이 아닙니다. 역사적으로 지금보다 더 급격하게 큰 변화를 겪은 시대와 장소가 있습니다. 바로 19세기 영국입니다. 당시 영국 사람들도 요즘의 우리처럼 자신들이 인류 역사상 가장 큰 변화를 겪는 중이라고 믿었습니다. 19세기 영국의 소설가 윌리엄 메이크피스 새커리William Makepeace Thackeray는 당대의 급격한 기술적인 변화상을 두고 '기사도와 증기기관'이 공존한다고 표현했죠. '중세의 기사도'와 '산업혁명'이라는, 수백 년의 차이가 나는 생활 방식이 함께 존재하는 시대라니. 새커리의 표현에서 당시 영국 사람들이 느낀 '미래 쇼크'가 고스란히 전해집니다. 18세기 영국에서 시작된 1차 산업혁명이 가져온 변화는 말 그대로 전대미문의 것이었습니다.

19세기의 증기기관과 21세기의 인공지능을 어떻게 비교할 수 있느냐고 누군가는 의문을 제기할지도 모르겠습니다. 그런데 인공지능이 이미 존재하는 컴퓨터의 발전된 형태라면, 증기기관은 인류 최초의 엔진이었습니다. 잘해야 평균 시속 10킬로미터 정도의 속도로 마차 여행을 하던 사람들에게, 수백 명의 사람을 빠르게 운반하는 집채만 한 쇳덩어리의 등장은 천지개벽 같은 일이 아니었을까요? 인류 역사상 최초로 기계가 등장하여, 인간 사회를 지배하기 시작한 때였으니 말이죠. 흔히들 '종류kind'의 차이와 '정도degree'의 차이는 차원이 다르다고 말합니다. 마차가 기차로 바뀐 것이 종류의 변화라면, 컴퓨터가 인공지능으로 바뀐 것은 정도의 변화입니다. 현대인들은 이미 오래전부터 로봇의 등장을 예견했습니다. 하지만

1차 산업혁명 이전에 증기기관의 등장을 예견한 사람은 아무도 없었습니다.

—

역사는 반복된다고 했던가요. 기술 격변을 둘러싼 사람들의 반응은 그때나 지금이나 비슷한 면이 있습니다. 오늘날 우리는 인공지능이 사람들의 일자리를 빼앗을 것이라고 걱정합니다. 미래에는 배달이나 택시 운전 같은 경우 인공지능이 사람을 대체하리라고 예측됩니다. 실제로 자율주행 택시, 드론 무인 배달 등은 이미 시범적으로 운영 중이죠. 19세기에도 산업화로 인해 기계가 많은 사람들의 일자리를 빼앗았습니다. 그 결과, 실직자가 된 노동자들이 자신들의 일자리를 빼앗은 기계를 파괴하는 '기계 파괴 운동(러다이트 운동)'이 발생했죠. 당시 영국 정부는 이 운동에 참여한 사람들을 교수형에 처하기도 했습니다.

18세기에 시작된 1차 산업혁명은 빅토리아 여왕 시대에 전성기를 구가했습니다. 1837년부터 1901년까지 영국을 통치한 빅토리아 여왕은 세계 인구의 4분의 1을 다스렸고, 당시 대영제국은 '해가 지지 않는 나라'라는 별칭으로 불렸습니다. 이 말은 영국에서 해가 지지 않았다는 뜻이 아니라, 대륙을 막론하고 지구상의 수많은 나라가 영국의 식민지이다 보니 영국 깃발이 꽂힌 어딘가에는 늘 해가 떠 있다는 의미였습니다. 1차 산업혁명을 가져온 증기기관의 발명은 기차, 선박, 기계공학 등의 발전으로 이어져 대영제국의 번영기를 낳았습니다. 1912년 영국의 사우스햄프턴에서 2,200여 명의 승객을 태우고 출항했던 타이타닉 호 역시 산업혁명이 있었기에 가능했던 결과입니다. 아편전쟁(1840~1842년)에서 중국(당시 청나라)이라는 대국을 작은 섬나라 영국이 굴복시킬 수 있었던 것도 1차 산업혁명으로 이룬 기술의 발전 없이는 불가능했을 겁니다.

그런데 작용이 있으면 늘 반작용이 있기 마련입니다. 산업화를 통해 대영제국이 확장 일로를 걷고 있을 때, 모든 영국 사람들의 시선이 미래를 향한 것은 아니었습니다. 산업화가 일군 발전의 이면에는 인간 정서의 메마름이라는 그림자가 존재했죠. 농촌은 피폐화되고, 도시 빈민이 발생하고, 대량생산으로 이윤을 극대화하려는 자본가들의 비인간적인 착취는 심화되었습니다. 이러한 1차 산업혁명의 그림자는 당대의 예술가들로 하여금 산업혁명 이전의 과거로 회귀하게 만들었습니다. 19세기 영국 예술가들은 중세를 동경하고 자연 속에서 인간성 회복의 실마리를 찾았죠. 그들은 미래가 아니라 과거를 마음의 안식처로 삼았습니다.

'낭만주의romanticism'는 이 시기에 등장한 문예사조입니다. 폭풍처럼 격한 감정으로 기존의 가치관에 반항한다는 의미를 뜻하는, 우리에게 잘 알려진 "질풍과 노도sturm und drang"라는 용어가 녹일어인만큼 일반적으로 낭만주의의 뿌리를 독일에서 찾지만, 그 후에 독일은 다시 '바이마르 고전주의'로 흘러갔기 때문에 본격적인 낭만주의는 독일이나 영국에서 서로 비슷한 시기에 발생했다고 할 수 있습니다. 더구나 산업혁명이 최초로 발생한 나라가 영국이었으니, 산업화로 인한 문제점을 가장 먼저 인식한 나라도 영국이었죠. 영국의 낭만주의자들은 산업혁명으로 인해 상실된 사람들의 감성과 정서를 회복하고자 했습니다. 한마디로 그들은 각박하게 메말라버린 사람들의 마음속에 '낭만'을 불어넣으려고 했습니다.

—

요즘 우리 사회를 돌아보면, 분야를 막론하고 모든 곳에서 '4차 산업혁명'이라는 담론이 유행입니다. 4차 산업혁명이 대한민국의 경제적 도약을 위한 발판이 되기를 모두가 염원하고 있습니다. 그래서일까요? 상호명, 상품명, 학교명, 심지어는 도로명에서도 '미래'라는 단어가 쉽게 눈에 띕니다. 하지만 미래가 늘 희망차고 장밋빛이기만 할까요?

각종 통계를 살펴보면 미래라고 해서 무조건 좋은 방향으로 나아가는 것 같지는 않습니다. 일자리 문제만 봐도 상황은 좋지 않죠. 비정규직이 갈수록 늘어나 고용은 불안정하고, 대학생들의 취업은 시간이 지날수록 더 힘들어지고 있습니다. 미래가 불확실하니 안정된 직업을 찾는 사람이 많아져서 공무원 시험 경쟁률은 나날이 치

솟습니다. 현재는 고용 안정성이 보장된 전문직, 이를테면 회계사나 법률 전문가들 역시 기술 발전에 따라 인공지능으로 대체될 가능성이 높습니다. 이런 수치들을 보면, 4차 산업혁명이 우리에게 가져올 미래가 장미빛으로만 가득해 보이지는 않습니다.

지금은 4차 산업혁명이라는 기술 중심의 세계관을 둘러싼 낙관과 절망이 공존하는 시대입니다. 이럴 때일수록 나는 '낭만'을 우리들 삶 가운데로 다시 불러와야 한다고 생각합니다. 19세기 영국의 사례에서 볼 수 있듯이, 산업이 발전한다고 해서 인간의 정신과 정서가 그에 비례해 더불어 발전하는 것은 아닙니다. 오히려 우리의 정신과 정서는 산업의 발전에 반비례하는지도 모르겠습니다. 기술의 혜택으로 편리함을 누리지만, 한편으로는 사라지는 일자리를 걱정하고 불안해하고, 스마트폰의 유용함을 누리면서도 그 네모난 프레임에 갇혀 인간과 인간 사이의 진정한 만남에서 멀어지기도 합니다.

우리의 마음은 미래보다는 과거의 일들을 생각할 때 편안해집니다. 추억은 아름다운 것이라는 말이 있듯이, 지나간 일들을 회상할 때 우리의 마음은 한결 더 여유롭고 푸근해집니다. 19세기 영국 작가들이 산업화로 인해 삭막해진 사회의 살풍경에 참담해 하고 사람들의 정서를 다독이며 했던 이야기들은 21세기 대한민국을 살아가는 우리의 정서와도 충분히 공명하는 지점이 있습니다. 희로애락애오욕에서부터 자유로운 삶을 향한 갈망, 아름다운 것에 대한 매혹,

인생의 무상함과 회한을 극복하고 싶은 심정 그리고 자연에 대한 동경까지…, 이 섬세하고 다양한 감정들은 오직 인간만이 느끼고 추구할 수 있는 것들입니다. 저는 이 감정들을 오롯이 향유할 줄 아는 삶을 '낭만적인 삶'이라고 봅니다. 아무리 과학기술이 발전한다고 해도, 기계가 인간의 능력을 따라잡는 시절이 온다고 해도, 인간이 가장 인간다울 수 있는 것은 바로 우리 삶에 부여된 낭만성을 놓치지 않을 때 가능할 것입니다.

저는 지난 20여 년간 교단에서 학생들에게 영문학을 가르쳐왔습니다. 좀 더 구체적으로 이야기한다면 영국 낭만주의 문학을 가르쳤죠. 이 책은 오랜 기간 동안 영국 낭만주의를 가르치다가 그 '낭만'이 21세기를 살아가는 우리의 삶에도 꼭 필요한 것이라는 생각이 들어 집필하게 되었습니다. 이 책을 통해 저는 우리가 그동안 잊고 지냈던 '낭만'에 여러분들을 초대하고자 합니다. 여러분의 삶 속에 낭만이 곰비임비 스며들어서, 일상의 작은 일에서도 낭만과 낭만이 주는 애틋함을 항상 느낄 수 있기를, 진심으로 소망합니다.

목멱산 기슭 연구실에서
김성중

1. 낭만이 사라진 시대

안타깝게도 우리의 현실은
낭만에서 한 걸음, 아니 몇 걸음은 동떨어져 있다.
낭만을 부르짖기에 현실은 각박하고,
이상만을 쫓기에는 헤쳐나가야 할 것들은 너무도 많다.
때문에 현대인들에게 '낭만'은
세상 물정 모르는 철부지들이 떠들어대는
허황된 꿈처럼 여겨질 때가 있다.
하지만 낭만이 없는 삶을
진정한 인간의 삶이라 할 수 있을까?

영상의 시대, 낭만의 위기

●

　텔레비전이 처음으로 많은 사람들에게 보급되었을 때, 사람들은
이 놀라운 문명의 이기에 감탄하는 한편, 일각에서는 '바보상자'라
고 부르며 비판하기도 했다. 텔레비전을 보다 보면 수동적으로 사
고하게 되고, 이로 인해 쉽게 세뇌당하고 비판력이 저하된다고 생
각했기 때문이다. 그런데 이제 스마트폰이 등장함에 따라 방 안에
서만 보던 그 바보상자를 언제 어디서나 볼 수 있게 되었다. 스마트
폰의 출현으로 우리는 일상의 많은 시간을 스크린에 시선을 고정시
키며 살고 있다. 21세기 인류는 사고력과 집중력을 요구하는 '읽는
매체'보다 자극적이고 즉각적인 '보는 매체'에 압도당하는 중이다.
　내용보다 시각적인 즐거움이 흥행의 중요한 요소로 작용하는 현

상은 화려한 특수 효과를 자랑하는 할리우드 영화에서 더욱 두드러진다. 이를테면, 〈슈퍼맨〉, 〈배트맨〉, 〈스파이더맨〉, 〈아이언맨〉, 〈어벤져스〉 같은 영화들은 '초능력을 가진 슈퍼 히어로들이 악당들로부터 지구를 지킨다'로 요약되는 권선징악의 비교적 단순한 스토리임에도 불구하고 화려한 액션과 그래픽 등 수많은 볼거리로 소비자들을 유혹한다.

그래서일까? 과거에는 어린이들이나 봤음직한 영화들을 이제는 어른들도 즐겨본다. 독일의 철학자 테오도어 아도르노Theodor Adorno는 할리우드 영화가 어른들을 열두 살 먹은 아이의 수준으로 떨어뜨렸다고 개탄했지만, 지금은 이를 두고 안타까워하는 사람이 아무도 없을 것이다. 오히려 예전과 달리 나이를 불문하고 취향은 존중받아야 한다는 인식이 사회 전반에 퍼졌다. 하지만 깊이 생각해보면 이러한 경향은 우리가 너무 단순한 즐거움에 탐닉한다는 의미가 아닐까. 시각적인 자극이 강한 할리우드 영화를 감상하는 데에는 사고력이나 상상력이 필요하지 않다. 상상의 세계가 실제처럼 눈앞에 펼쳐지니 관객은 상상하는 수고를 들일 필요가 없다. 아무 생각도 하지 않고 눈앞의 현란하고 놀라운 장면을 보고 즐기기만 하면 되는 것이다. 이런 문화를 즐기는 것이 나쁘다는 말은 아니다. 문제는 이런 문화'만' 즐기는 편향성이라고 생각한다.

강한 자극에 너무 익숙해진 사람은 약한 자극에는 별로 반응하지 않는 법이다. 매운 음식에 익숙해진 사람은 웬만큼 매워서는 맵다는 느낌을 갖지 못하듯이 말이다. 특수 효과로 가득 찬 할리우드 영화를 볼 때, 사람들은 잠시도 시선을 떼지 못하고 영상에 빠져든다. 한국 영화에서도 욕설이나 잔인한 장면이 불필요하게 많다는 느낌을 받을 때가 많다. 웬만큼 잔인해서는 관객들이 시큰둥해하기 때문에 그런 경향은 더 짙어지는 것 같다. 전 세계적으로 선풍적인 인기를 몰았던 넷플릭스 드라마 〈오징어 게임〉은 미국과 유럽 등지에서 폭력성 주의보가 내려졌다고 한다. 빈부 격차를 비롯해 자본주의사회의 병폐를 극적으로 그려내고자 했던 영화에서 굳이 잔인하고 선정적인 장면이 나와야 했을까?

영상에 견주면 문자가 주는 자극은 너무 미약하다. 문장을 읽고 해당 장면을 머릿속으로 상상해야 하는 수고로움도 필수다. 시각적인 자극이 없고 서사가 잔잔히 흘러가는 영화들도 흥행에 실패해 극장에서 금방 내려가는 판에, 글로 이루어진 문학이 무슨 호소력이 있을까? 그리고 문학 장르에서도 문장 한 줄 한 줄, 단어 하나하나의 의미를 깊게 음미하고 곱씹어야 하는 시를 요즘 같은 영상의 시대에 누가 읽을까?

놀랍게도 20세기 영국의 문호 올더스 헉슬리Aldous Huxley가 미래사회를 예견하여 쓴 소설《멋진 신세계》에는 현재의 우리와 비슷한 모습이 등장한다.* 그 미래의 사람들은 여가 시간에 책은 읽지 않고 항상 영화만 보는 것으로 묘사된다. 정말 헉슬리의 예견이 우리에게 현실로 다가오는 것일까?

영상이 지배하는 시대로 나아갈수록, 글자로부터 감동을 느낄 수 있는 섬세한 감수성은 점점 더 무뎌지게 된다. 나중에 자세히 다루겠지만, 감수성은 영국 낭만주의에서도 핵심적인 개념이다. 최근 '레트로', '복고풍'이라고 해서 과거의 향수를 자극하는 제품들이 인기를 끌고 있다. '낭만'이라는 단어가 자본주의 시장에서 하나의 상품성을 가진 가치로만 소비될 뿐, 정작 현실에서 감수성을 가지고 자기만의 낭만을 느낄 줄 아는 사람들은 점점 줄어드는 것 같다. 4차 산업혁명이 선도한 영상 과학기술의 발달은 우리를 '낭만 위기 시대'로 이끌고 있다.

---

* 헉슬리는 이 소설에서 인간에게 불편한 점들이 모두 제거되고 쾌락만이 존재하는 세계로 미래를 묘사한다. 한 예로, 임신으로 인한 불편함을 제거하기 위해 모든 아이들이 인공수정을 통해 인큐베이터에서 태어난다.

'낭만'과 '쾌락' 사이

●

18세기 서양에서는 역사적으로 중요한 사조가 일어난다. 바로 계몽주의enlightenment다. 계몽주의가 발흥하지 않았다면 오늘날과 같은 서양의 발전은 없었을 것이라고 말해도 과언이 아니다. 잘 알다시피 서양은 과거에 기독교를 국교로 삼았다. 왕권신수설(국왕의 권리는 신에게서 받은 절대적인 것이므로 인민이나 의회에 의해 제한되지 않는다는 설)이 암시하듯이, 서양에서는 왕은 물론이고 모든 공직자나 일반인도 최소한 명목상으로나마 기독교 신자여야 했다. 아이가 태어나 세례를 받을 때나, 결혼을 하거나, 장례를 치러야 할 때 등 중요한 생애 행사들을 대체로 교회가 주관했으며, 가난한 사람들을 구호하는 일도 교회의 업무였다. 이처럼 기독교에 뿌리를 둔 사회에서 종교라는 신비주의에서 벗어나 과학적인 태도를 취하게 한 사상이 바로 계몽주의다. 계몽주의는 서양인들의 사고방식에 급격하고도 혁명적인 변화를 불러일으켰다.

넓게 보면 현 인류는 아직까지 계몽주의 시대를 사는 중이라고 말할 수 있다. 왜냐하면 우리는 그때 이후로 여전히 과학을 신봉하고 있기 때문이다. 18세기 이후, '신학'이 아니라 '과학'이 인간 삶의 가치를 결정하는 척도가 되었다. 어떤 사람이 자신의 주장을 말할 때 '과학적으로 입증된 것이다'라는 말을 한마디 덧붙이면 더 이상 논란의 여지는 없어진다. 계몽주의 관점에서는 이 세상의 모든 현상들이 인간의 이성으로 설명 가능하다고 본다.

1687년, 영국 과학자 아이작 뉴턴Issac Newton이 발견한 만유인력의 법칙은 물리학의 영역에서뿐만 아니라, 서양의 사고 기반을 뒤흔들어놓았다. 뉴턴의 발견이 위대한 까닭은 사과가 땅에 떨어지는 자연현상을 신학('신의 전능한 힘')이 아니라 과학('물리법칙')으로 설명하기 시작했기 때문이다. 영국의 경험주의 철학자 프랜시스 베이컨Francis Bacon의 "아는 것이 힘이다"라는 말처럼 뉴턴의 발견 이후 과학이 얼마나 많은 '힘'을 얻게 되었는가!

계몽주의 발흥 이후 온 우주와 자연은 신이 창조한 신비로운 존재가 아니라, 관찰과 탐구로 설명할 수 있는 거대한 기계처럼 여겨졌다. 그렇다고 신을 부정할 수는 없던 시대였다. 그래서 이 모순을 해결하고자 신을 세계의 창조자로는 인정하지만, 세상일에 관여하거나 계시나 기적으로 자신을 나타내는 인격적 주재자로서의 신은 부정하는 이신론理神論이 등장하기도 했다. 눈에 보이고 객관적으로 증명될 수 있는 것만 진리로 인정하려는 사상은 기독교에 회의적인 관점을 가질 수밖에 없었다.

19세기 허무주의 철학자 프리드리히 니체Friedrich Nietzsche가 "신은 죽었다"라고 선언하기 한참 전, 이미 그 시대에는 신의 존재를 부정했던 사람들이 존재했다. 일례로 영국 낭만주의 시인 퍼시 비시 셸리Percy Bysshe Shelley가 〈무신론의 필연성〉*이라는 글을 썼다가 옥스퍼드대학에서 퇴학당했다. 계몽주의는 과학적 지식에 '힘'이 있을 뿐만 아니라, 그것이 인류의 행복을 가져온다고 믿었다. 이는 18세기 프랑스에서 《백과전서》의 제작으로 이어졌다. '백과전서파'라고도 불리는 이들은 후세 인류가 무지한 상태에서 불행하게 살지 않도록 많은 지식을 남겨주고자 했다. 당대 지식인들의 인간 이성에 대한 낙관과 긍지가 느껴지는 대목이다.

객관성과 인과율을 중시하고 보편적 가치를 우선하는 과학은 자연의 보편법칙을 발견하여 모든 상황에 일률적으로 적용하려는 태도를 취한다. 공리주의utilitarianism는 윤리학을 과학적으로 접근한 결과로 나타난 사상이다. 공리주의의 관점에서 모든 인간은 '예외

---

* 이 책자에서 셸리는 신이 존재한다는 증거는 없고, 믿는 행위는 억지로 이루어질 수 없는 것이니, 본인의 의지대로 신을 믿지 않는다고 박해를 받는 것은 부당하다고 주장한다.

없이' 쾌락을 추구하고 고통을 거부한다. 공리주의는 쾌락주의를 기반으로 하는데, 이때의 쾌락은 향락이 아니라 즐거움의 의미다. 공리주의는 인간이 본성적으로 자신의 쾌락을 쫓는 이기적인 동물이므로 조화로운 사회를 만들려면 법과 훈육으로 제재를 해야 한다고 주장하기도 한다. 영국 철학자이자 법학자인 제레미 벤담Jeremy Bentham의 '최대 다수의 최대 행복'이라는 말은 이 시대 공리주의의 입장을 대변하는, 우리에게 잘 알려진 구절이다.

벤담은 당시 영국 귀족들이 자신들에게만 이로운 법을 제정한다는 문제점을 지적하고, 가능한 한 많은 사람들을 위한 법이 만들어져야 한다고 생각했다. 귀족정치에 반대하여, 일반 사람들에게 혜택이 돌아가는 법을 제정하려 했던 그의 주장은 파격적이고 민주적인 것이었다. 하지만 그런 매력적인 주장에도 불구하고 나는 벤담의 주장을 마주할 때마다 늘 같은 질문을 하게 된다.

모든 인간이 똑같이 쾌락을 쫓을까?
모든 사람에게 쾌락의 의미가 다 똑같을까?

벤담과 같은 시대를 살았던, 영국 비평가이자 역사가인 토마스 칼라일Thomas Carlyle은 벤담의 공리주의를 "돼지 철학Pig Philosophy"이라고 비판했다. 인간이 쾌락만을 추구하는 동물이라면 아무 생각 없이 맛있는 것만 찾는 돼지와 뭐가 다르냐는 비아냥거림이다. 이에 대해 또 다른 공리주의자였던 존 스튜어트 밀John Stuart Mill은 "배부른 돼지보다 배고픈 소크라테스가 더 낫다"라는 유명한 말을 남겼다. '돼지'와 '소크라테스'는 지적인 수준을 상징할 테니, 쾌락에도 질적인 차이가 존재한다는 말이다.* 그렇다면 사람은 언제 만족할까? 우리는 돼지와 얼마나 다를까? 밀은 돼지와 달리 사람에게는 어느 쾌락이 더 유익한지 판단할 줄 아는 능력이 있기에 더 수준 높은 쾌락을 선택한다고 주장한다. 과연 누구의 주장이 더 맞을까?

"인생 뭐 있어? 지금 이 순간 즐겁게 살아!"

언젠가부터 '먹방'이 갑자기 유행하면서 식도락이 우리 생활에 큰 부분을 차지하기 시작했다. 현재의 쾌락을 중요시하는 삶의 태도가 하나의 트렌드를 이룬 것을 보면 요즘 사람들은 벤담의 공리주의를 받아들인 것 같다. 정신적인 쾌락보다는 '몸'이 만족하는 형태, 즉 감각적이고 즉각적인 쾌락을 더 중요시하기 때문이다. 물질적인 만족보다 지적인 만족이 더 중요하다는 밀의 주장은 이제 시대에 뒤떨어진 이야기가 되어버린 걸까?

벤담은 '최대 다수의 최대 행복'이라는 말 외에도 또 하나의 유명한 명언을 남겼다.

---

* 사실 그의 원문에서 돼지를 수식하는 말은 '배부른'이 아니고 '만족하는satisfied'인데, 한국식으로 번역을 참 잘한 것 같다. 돼지는 배가 부를 때 만족하니 말이다.

"시와 고스톱은 쾌락의 측면에서 동등한 가치를 갖는다."*

이 문장의 의미는 질은 따지지 말고 양적으로 많은 사람에게 쾌락을 주는 놀이가 더 존중받아야 한다는 것이다. 벤담은 시가 더 고상하니 더 존중받아야 한다는 생각을 거부했다. 실제로 그는 시인은 거짓말을 하는 사람이라고 생각했다고 한다. 아마 벤담이 21세기에 환생한다면, 자신이 시대를 앞서 예견했다며 좋아하지 않을까? 많은 사람들이 질적인 (쾌락) 가치보다는 양적인 (쾌락) 가치를 더 찾는 시대가 되었으니 말이다.

양적인 쾌락이 일상을 잠식한 요즘, 프랑스 소설가 앙드레 지드 Andre Gide의 《좁은 문》**에 나오는 알리사의 말은 인간의 행복(쾌락)이란 무엇일까에 대한 질문을 던지게 한다. 책에서 주인공 제롬은 사랑하는 알리사에게 청혼한다. 알리사도 제롬을 사랑하지만, 그녀는 "우리는 행복을 위해 태어난 게 아니야"라며 청혼을 거절한다. 그녀의 말에 그렇다면 행복 외에 무엇을 더 바라냐고 제롬이 질문하자, 그녀는 "성스러움"이라고 대답한다. 알리사는 인간에게 가장

---

* 원문은 고스톱이 아니라 '푸시 핀 게임push pin game'이라는, 당시 어린아이들도 즐겨 했을 만큼 쉽고 재미있는 놀이다. 비교한다면, 우리나라 사람들이 가장 즐겨하는 게임인 고스톱 정도가 알맞을 것 같아서 그렇게 번역해보았다.

** 앙드레 지드는 이 작품에서 비인간적인 자기희생의 허무함을 신랄하게 비판했다. 하지만 글 전체를 관통하는 아름다운 서정과 정교한 심리묘사는 이 작품을 불세출의 명작으로 만들었다.

중요한 것이 쾌락이라는 명제를 거부하고, 보다 더 '고상한 가치'에 시선을 두었다.

마찬가지로, 19세기 실존주의 철학자 키르케고르Kierkegaard는 《두려움과 떨림》에서 '인간의 최고 목표가 행복인가'에 대한 질문을 던진다. 이 책에서 그는 아브라함이 신의 지시에 순종하여 외아들 이삭을 제물로 바치는 성경의 이야기를 면밀히 분석한다. 그것은 분명 인간의 행복에 반대되는 행위다. 어느 부모가 자식을 제물로 바치고 싶겠는가? '신의 지시'와 '아버지로서의 역할' 사이의 딜레마를 통해 키르케고르는 인간적인 행복을 넘어서는 가치에 대해 설파한다. 인간의 이성으로는 가늠할 수 없는 초월적인 지복을 제시하고 있는 것이다.

우리 시대에 '성스러움'이나 '초월적인 지복'은 관심의 대상이 될 수 있을까? 오늘날 우리에게는 물질적인 쾌락에 대한 추구만이 남아서 그 외의 가치에 대한 고뇌는 시대에 뒤떨어진 이야기가 되어 버린 것 같다. 그렇다면 200여 년 전 벤담의 이론이 적중한 것일까? 벤담의 주장대로 인간이 그런 쾌락만을 추구한다면, 이제 '낭만'이 들어설 자리는 없는 걸까?

팩트가 지배하는 우리 사회

●

요즘 주위에서 "이건 팩트fact야!" "팩트만 가지고 이야기해!"라는 말을 쉽게 들을 수 있다. '사실'이라는 단어는 성에 안 찬다는 듯 영어를 쓰며 강조하는 사람들이 내 주변에도 넘쳐난다. '팩트'를 가치 판단의 중요한 척도로 여기는 이런 모습을 보면, 우리는 여전히 계몽주의 사회에 살고 있는 것 같다. 계몽주의는 객관적인 '사실'만을 믿으니 말이다.

찰스 디킨스Charles Dickens는 소설 《어려운 시절》*에서 계몽주

---

* 영국의 코크타운이라는 도시를 배경으로, 세속적 욕망과 진정한 사랑 사이에서 갈등하는 이들의 이야기를 담은 작품이다.

의와 공리주의에 대한 풍자의 칼날을 세운다. 풍자 문학가답게 디킨스는 과장법을 많이 써서 인간의 우매함을 우스꽝스럽게 묘사하는데, 이 작품의 첫 부분을 읽어보면 그가 오늘날의 우리 사회를 풍자하고 있는 것이 아닌가 하는 착각이 들 정도다. 소설의 첫 장면에서 교장인 토마스 그래드그라인드는 학생들 앞에서 젊은 선생님에게 다음과 같이 요구한다.

"자, 내가 원하는 것은 사실들facts뿐이오. 이 아이들에게 사실만을 가르치세요. 인생에서는 사실만 필요하니 그 외의 것들은 모두 뿌리째 뽑아버리시오. 사실에 근거해서만 이성적 동물의 정신을 양육할 수 있으니, 그 밖의 것들은 도움이 안 될 것이오. 내 아이들도 그렇게 키웠고, 이 아이들도 그렇게 키워야 해요. 사실만을 가르치세요!"

상상의 세계를 외면하는 그는 사기그릇에 꽃 그림을 그리거나, 벽에 동물 그림을 그리면 안 된다고 가르친다. 왜냐하면 그것은 상상해서 그린 것일 뿐, 실제로 거기에 존재하는 것이 아니기 때문이다.

그래드그라인드에 관한 디킨스의 묘사를 읽으면 풍자의 진수를 만끽할 수 있다. 그래드그라인드는 "현실의 사람man of realities"이고, "사실과 숫자의 사람"이라고 묘사된다. 눈에 보이는 현실 외의 것에는 도무지 가치를 두려고 하지 않는 인간이다. 그래서일까? 그의 집게손가락은 각이 졌고, 이마도 사각형이다. 어깨, 다리 등 신체 부위는 모두 각이 예리하게 잡혀 있다. 심지어 그가 입은 코트까지도. 부드럽게 둥근 모습은 그의 몸에서 찾아볼 수가 없다. "2 더하기 2는 4일 뿐 그 이상도 그 이하도 될 수 없다"고 생각하는 그는 주머니에 항상 구구단 표와 자, 저울을 지니고 다닌다. 그는 인간 세상에 관한 모든 부분을 수치로 측정하여 객관적인 숫자로 대답할 태세다.

아이들을 향해 "가르침을 발사"하려는 그래드그라인드의 "주둥이"는 사실로만 가득 찬 대포에 비유된다. 그는 "우리는 사실만을 원합니다!"라는 말을 여러 번 반복해서 강조한다. 상상력 같은 것은 필요 없고 오직 사실만을 가르치라는 이 19세기 교사의 요구는 21세기 대한민국에서도 펼쳐진다. 대학 입시에 필요한 공부만 강요하고, 추론과 상상의 날개를 펼치도록 독려하기보다 교과서 속 '사실'만 암기하라고 채근하는 교사들은 또 다른 그래드그라인드가 아닌가.

그래드그라인드는 한 여학생을 이름 대신 "20번!"이라는 번호로 부른다. 숫자를 숭배하는 그의 습성이 여실히 드러난다. 20번 학생이 자신의 이름은 "씨씨Sissy"라고 대답하자, "씨씨는 이름이 아니야, 정확하게는 세실리아Cecilia라고 해야겠지"라고 정정한다. 아버지가 애칭으로 그렇게 부른다고 여학생이 말하자, 그는 아무리 아버지라 하더라도 그렇게 부르면 안 된다고 야단친다. 사실의 원칙으로만 세상을 보려는 그로서는 아버지가 딸에게 애칭을 사용하는 것조차도 그 원칙에 어긋나는 행위이니 용납될 수 없는 것이다. 그리고 나서 그래드그라인드는 여학생에게 말horse을 정의해보라고 한다.

여학생의 아버지는 마부였다. 말과 함께 자라온 그 여학생은 당황해 선뜻 대답하지 못한다. 그래드그라인드는 흔한 동물인 말에 대한 '사실'도 말하지 못하냐고 핀잔을 주고, 어떤 남학생에게 다시 같은 질문을 던진다. 남학생이 대답한다.

"네발 달린 짐승이고 초식을 하며 이빨은 40개이고 어금니가 24개, 송곳니는 4개, 앞니는 12개, 봄에 털갈이를 하고…"

남학생의 대답에 그래드그라인드는 흡족해하며 "자, 이제 말이 무엇인지 알겠니?"라고 여학생에게 되묻는다. 하지만 여학생에게 말은 겉으로 드러나는 몇 개의 특징으로 설명될 수 있거나, 정의를 내릴 수 있는 존재가 아니다. 여학생에게 말이 가족 같은 존재라는 점을 그래드그라인드는 이해하지 못한다.

디킨스가 그래드그라인드라는 인물을 통해 독자에게 말하고자 하는 바는 '사실'에만 얽매인 우매한 사람이 되지 말라는 것이다. '팩트'는 시간과 장소에 구애받지 않고 항상 불변한다는 보편성을 전제로 한다. 그래서 말이라는 동물을 팩트로 정의 내릴 때, 각각의 말에 대한 감성이나 개성은 배제된다. '팩트'는 개인의 감정이나 느낌의 개입을 허용하지 않기 때문이다. 이처럼 보편적인 잣대를 믿는 계몽주의적 태도에 반발해서, 프랑스 작가이자 사상가인 장 자크 루소Jean Jacques Rousseau는 자서전인 《고백록》을 통해 "나는 내가 알고 있는 어느 누구와도, 아니 존재하고 있는 어느 누구와도 비슷하게 만들어지지 않았다"라며 개성을 강조했다. 사실에 입각한 보편적인 진리를 신봉하여 개별적인 감성을 억압하는 철학에 그는 반대했다.

'팩트'에 대한 강조는 자연스럽게 보편성만을 두둔하는 문화로 이어지게 된다. 단체정신도 개인성보다는 보편성을 우선시한 사고다. 시대가 바뀌었다고는 하지만 우리는 아직까지도 누군가가 자신만의 독특한 개성이나 감정을 드러내는 것을 관대하게 받아들이지 않는다. 소위 '튀는 사람'은 쉽게 남의 입방아에 오르내린다. 회식 자리에서 술을 안 먹는 사람, 개인적인 이유로 채식을 하는 사람은 여전히 조직에서 별종 취급을 받는다. 개인의 특성이나 감정은 조직을 위해 무시되거나 폭력적으로(물리적이든 감정적이든) 제압당한다. 우리는 회식할 때 생선회나 삼겹살 등 단일메뉴로 통일하지만, 영국에서는 그런 경우가 없다. 게다가 회식을 할 때 술을 안 마시거나 채식을 하는 사람은 별로 환영을 받지 못한다. "술을 안 마실 거면 노래라도 해라", "맛있는 고기를 왜 안 먹냐?"는 둥, 보편성이라는 기준으로 개인의 특성이나 감정을 무시한다. 개인이 어떻게 느낄지에 대한 고려 없이, 보편성을 위해 개인성이 무시되는 일은 이제 사라져야 하지 않을까? 거의 200여 년이 지났음에도 디킨스가 풍자했던 19세기의 영국과 지금의 대한민국이 닮아 있다는 걸 생각하면 마음이 쓸쓸함으로 가득해진다.

낭만은 먼 곳에 있지 않다

요즘 사람들은 '로망*'이라는 말을 자주 쓴다. 가령, "나의 로망"은 "정원 딸린 전원주택", "비싼 외제차", "몇 달 동안의 해외여행"이라는 말들을 쉽게 들을 수 있다. 현실적으로 이루어질 가능성이 별로 없는 바람이지만 그래도 꿈꾸는 것, 이것이 '로망'이라는 단어를 대하는 마음일 것이다. 그렇다면 '로망'과 낭만주의의 '낭만'은 어떤 연관이 있을까?**

---

*   '낭만'은 'roman'을 한자로 음역한 것이다.

**   영국의 낭만주의를 소개하는 책에서는 '낭만주의'가 '사랑'이나 '로맨틱'과는 아무 관련이 없다고 강조하곤 한다. 'romantic'이라는 단어는 낭만주의romanticism의 형용사이면서 로맨스romance의 형용사이기도 하다.

'로망roman'은 중세 프랑스에서 유행한, 비현실적인 모험담을 다룬 이야기를 뜻한다. 영화 〈엑스칼리버〉처럼 아서왕과 원탁의 기사들 이야기가 여기에 속한다. 바위에 꽂힌 칼을 뽑는 사람이 왕이 된다는 전설에 따라, 그 칼을 뽑은 아서가 왕이 되는 이야기 말이다. 낭만주의 작품에는 '아서왕 이야기'와 비슷하게 초자연적인 존재나 현상이 자주 등장한다. 이 '로망'에서 나온 단어가 '낭만'이다.

〈낭만에 대하여〉라는 가요가 있다. "옛날식 다방에 앉아 도라지 위스키"를 마신다는 가사를 들으면 요즘 젊은이들은 구식이라고 치부하겠지만, "비 내리는 날"에 "첫사랑"을 그리워하며, 세월이 흘러서 "잃어버린 것에" 대한, "다시 못 올 것에" 대한 노스탤지어를 표현한 이 노래는 분명 낭만적이다. 세월이 흐르면서 잃어버린 것들을 그리워하는 정서는 낭만주의의 한 특징이다. 우리가 끊임없이 낭만을 곱씹는 건, 살아가면서 과거의 '낭만적인' 순간을 되새기며 고단한 현실에서 벗어나 잠시나마 위로를 받기 때문이다.

영국 낭만주의의 창시자라고 할 수 있는 시인 윌리엄 워즈워스 William Wordsworth는 시인이란 "존재하지 않는 것을 마치 존재하는 것처럼" 강렬히 느낄 수 있는 사람이라고 말했다. 그에 따르면 과거의 지나간 경험들이 더 이상 존재하지 않지만, 마치 현재에 일어나고 있는 것처럼 강하게 느낄 수 있는 감성을 지녔다면 그 사람은 곧 시인이다. 그는 또한 "외부의 직접적인 자극 없이도" 강하게 느낄 수 있는 감수성을 지닌 사람이 시인이라고 정의했다. 이처럼 '낭만'

이나 '낭만주의'는 공통적으로 추억에 대한 생생한 기억을 중요시
한다.

그렇다면 영국 낭만주의의 특징은 무엇일까? 18세기 말부터
19세기 초까지 이어지는 영국 낭만주의는 신고전주의(고전음악에서
는 '고전주의'라고 부른다)에 반발해서 발생한 문예사조이다. 고대 그리
스, 로마 시대의 고전주의를 다시 추앙한다는 의미에서 18세기 영
국 문학은 신고전주의라고 불리지만, 독일 문학에서는 고전주의라
는 말을 사용하므로 이 둘을 혼용할 수 있다. 고대 그리스나 로마의
조각상을 연상하면 고전주의의 특징을 이해하기 쉽다. 그 조각상들
에서는 공통적으로 균형, 조화, 질서, 안정감 등이 느껴지는데, 이것
들이 바로 고전주의가 추구했던 가치들이다. 다시 말해, 고전주의
에서는 작가의 감정이나 상상력이 어느 정도는 억제되어야 한다고
믿는다. 보편적이고 객관적인 사실에 근거하여 진리를 추구하는 계
몽주의와 주관적인 감정이나 상상력을 억제하려는 고전주의는 일
맥상통한다. 이에 반해, 낭만주의는 작가가 감정, 감수성, 충동, 상
상력이 이끄는 대로 자유롭게 표현할 수 있어야 한다고 믿는다. 또
한 인간을 객관적이고 과학적으로 설명하려는 것에 반대하고, 인공
적인 도시보다는 천연의 자연을 동경한다.

그렇다면, 낭만주의는 좋고, 고전주의는 나쁘다고 말할 수 있을
까? 물론 그렇지는 않다. 고전주의 문학에도 훌륭한 작품들이 많다.
지향하는 가치는 달랐으나, 각 사조 안에서 창작된 작품들 중에는

우열을 가릴 수 없을 만큼 대단한 작품들이 두루 존재한다. 가령, 고전주의에 속하는 모차르트와 낭만주의에 속하는 베토벤의 음악을 듣고 비교해보면 그 특징과 장단점을 느낄 수 있다. 클래식 음악에 문외한인 사람도, 모차르트의 〈바이올린 소나타 제21번, K.304〉와 베토벤의 〈피아노 소나타 제32번, Op.111〉을 들어보면 확연한 차이를 느낄 것이다. 모차르트의 음악은 안정적이고 균형감이 있고, 절제된 느낌을 준다는 점에서 이성적이다. 이에 반해 베토벤의 음악은 감정적이고 열정적이고 통제되기를 거부하는 느낌을 준다. 베토벤의 대표작 〈교향곡 제5번 '운명', Op.67〉을 떠올려보라. 얼마나 뜨겁고 열정적인가?

계몽주의의 영향으로 이성적 사고가 지배적인 오늘날 우리에게 필요한 것은 가뭄 때 맞는 산돌림처럼 메말라가는 우리의 마음을 촉촉이 적셔줄 '낭만'일 것이다. 하지만 안타깝게도 우리의 현실은 낭만에서 한 걸음, 아니 몇 걸음은 동떨어져 있다. 낭만을 부르짖기에 현실은 각박하고, 이상만을 쫓기에는 헤쳐나가야 할 것들이 너무도 많다. 때문에 현대인들에게 '낭만'은 세상 물정 모르는 철부지들이 떠들어대는 허황된 꿈처럼 여겨질 때가 있다. 하지만 낭만이 없는 삶을 진정한 인간의 삶이라 할 수 있을까?

어느 겨울날, 강릉행 무궁화호 열차를 타고 하얀 눈으로 뒤덮인 강원도 산골을 굽이굽이 누비는 것만으로도 우리는 충분히 '낭만'적인 순간을 맞이할 수 있다. 기차 여행을 마치고 한적하고 푸른 겨울

바다와 함께, 강릉 경포대에서 다섯 개의 달('하늘의 달, 호수의 달, 동해의 달, 술잔 속의 달, 사랑하는 이의 눈동자에 비친 달')을 보는 것은 덤으로 얻는 기쁨이다. 낭만 혹은 낭만주의는 역사 저편의 철 지난 생각이 아니다. 낭만은 생각보다 우리 삶 가까이에 늘 존재해왔고 지금도 그렇다. 카페에서 커피를 마시다가 문득 귀에 익은 옛 노랫소리를 들었을 때, 자신이 경험했던 지나간 일들을 마치 현재에 일어나고 있는 것처럼 생생하게 떠올릴 수 있다면, 그리고 그 시절이 사무치도록 그리운 적이 있다면 당신은 분명 낭만적인 사람일 것이다. 워즈워스의 기준에 따르면 그런 감성을 가진 당신은 바로 시인이다.

2. 영국 낭만주의를 되돌아보다

19세기 영국의 이야기가
지금의 내 삶과는 거리가 먼 옛날이야기로만 느껴진다면, 그
시절을 담은 소설 속으로 여행을 떠나보자.
그 어떤 역사적 사료보다 통렬하고
선연한 깨우침을 얻을 수 있을 것이다.
그리고 그것은 곧 우리가 낭만과 감수성이 사라진 시대에
문학을 읽어야 하는 이유와도 연결된다.

'영국은 신사의 나라'라는 말의
숨은 의미

●

제인 오스틴Jane Austen이 쓴 동명의 소설을 원작으로 한 영화〈오만과 편견〉에서는 화려한 드레스와 말쑥한 정장을 입은 선남선녀들이 음악에 맞춰 춤추는 모습이 나온다. 꼭 이 영화가 아니더라도 그와 비슷한 시대를 배경으로 한 영화에서 무도회 장면은 빠지지 않고 나올 정도로 흔하다. 당시는 미혼 남녀가 시간과 장소를 불문하고 자유롭게 만날 수 있었던 시대가 아니었다. 때문에 무도회는 결혼을 위한 아주 중요한 자리였다.

하지만 무도회장이 모든 이에게 즐거움과 설렘, 흥분을 주는 장소는 아니었다. 영화 속 무도회 장면에서 춤추는 사람들이 아니라 음식을 나르는 사람들에게 눈길이 간 적이 있는가? 누군가에게 무도회장은 평생의 배우자를 만나는 장소일 수도 있지만, 누군가에게는 그저 고된 노동의 현장이었다. 당시 영국 사회는 크게 두 계급으로 나뉘었는데, 그중 하나가 무도회장에서 생계 걱정 없이 춤을 추던 사람들, 바로 '신사 계급gentry'이라고 불리는 계층이었다.*

우리는 영국 하면 흔히 '신사의 나라'라는 말을 떠올린다. 예의범절을 중시하는 나라라고 생각하기 때문이다. 하지만 '신사의 나라'라는 별칭은 19세기 영국 사람들이 모두들 신사가 '되려고 했기 때문에' 생긴 말이다. 기억할 건 그 시절 '신사'라는 단어는 오늘날처럼 친절하고 매너 좋은 사람을 의미하는 것이 아니라 신분을 나타내는 말이었다는 사실이다. 오늘날 영미권에서 청중들을 향해 '신사 숙녀 여러분ladies and gentlemen'이라고 말하곤 하는데, 19세기에는 '신사'나 '숙녀'라는 호칭을 아무에게나 붙이지 않았다. '신사 계급'에 속해야만 그런 호칭을 들을 수 있었다.**

그러면 어떻게 해야 '젠틀맨'이나 '레이디'가 될 수 있었을까? 단순하게 말한다면, 일하지 않고도 충분히 여가를 즐길 수 있는 한량이라면 '젠틀맨'과 '레이디'가 될 수 있었다. 즉, 경제적인 여유가 확

---

*   영국의 계급 구조는 복잡하지만, 크게 상류, 중류, 하류층으로 나뉘었다. 단순화해서 말하면, 상류층은 귀족, 중류층은 자본가, 하류층은 노동자 계급이었다.

** 찰스 디킨스는 《거대한 유산》에서 주인공인 대장장이 핍Pip이 어느 날 갑자기 횡재를 하여 하루아침에 신사가 되는 백일몽 같은 이야기로 이와 같은 세태를 풍자한 바 있다. 이는 소위 '대박이 나서' 인생 역전하려는 요즘 우리 세태와 비슷하기도 하다.

보되어야만 신사 계급에 속할 수 있었다는 말이다. 신사 계급을 의미하는 단어인 'gentry(젠트리)'는 중세부터 쓰이기 시작해서 시간이 지남에 따라 그 의미가 많은 변화를 겪었는데, 19세기에는 그 의미의 외연이 좀 더 확대되었다. 귀족에 속하는 상류층은 당연히 이 계급에 속했고, 산업혁명 이후 나타난 신흥 자본가들, 그리고 성직자, 변호사, 정치인과 같은 전문 직업인들이 (일을 했지만) 넓은 의미에서 이 계급에 속했다. 같은 맥락에서 레이디는 손에 물을 안 묻히고 사는 여자들을 가리켰다. 집안일을 해줄 하인들을 거느릴 정도의 경제력이 있어야 한다는 뜻이다. 직업을 가져야 한다면 그만큼 경제적인 여유가 없다는 뜻이므로 당시 직업을 가진 여성은 레이디가 될 수 없었다.

흥미로운 건 '젠틀맨'이나 '레이디'를 가르는 기준에 경제적인 수준뿐만 아니라 예의범절 측면도 적용되었다는 점이다. 당대 영국의 중산층은 생활수준뿐만 아니라 매너를 통해서도 자신들을 하류층과 구분 지으려고 했다. 당시 에티켓에 관한 책들이 크게 유행하기도 했는데, 귀족들의 에티켓을 모방해 자신의 사회적 지위를 과시하려는 사람들이 많았기 때문이다. 그런 책에는 '절대로 냅킨을 손수건처럼 사용하면 안 된다', '차가 뜨거워도 입으로 불어서는 안 되고, 조금씩 마셔라', '음식을 씹을 때는 입을 다물고 소리를 내지 마라' 등 사교계에서 지켜야 할 예법이 많이 담겨 있었다. 에티켓을 다룬 도서가 유행했다는 사실은 당시 예의를 지키지 않는 사람들이 많았다는 것에 대한 반증이기도 하다. 다시 말해, 오늘날 영국 사람들을 점잖고 신사다운 사람들로 여기게 만든 예절이 이 시기에 확립되었다는 뜻이다. 《거대한 유산》에서도 하루아침에 신사가 된 핍이 진정한 신사가 되기 위해 식사 예절을 배우는 장면이 나온다. 결국 신사 계층의 예법이라는 건 다른 사람들을 위한 배려에서 비롯된 행동이라기보다는 스스로를 과시하기 위한 수단이었던 셈이다.

21세기 대한민국을 살아가는 우리도 겉치레를 중요시하는 이런 태도에서 자유로울 수 없다. 비슷해 보이는 가방이라도 명품 상표만 붙으면 수백만 원대의 가격이 매겨진다. 명품을 들었다고 해서 사람 자체가 달라질 리는 없지만, 어떤 사람들은 명품을 갖고 있으면 자신의 가치가 그만큼 올라간다고 생각한다.

오늘날 대한민국은 19세기 영국처럼 계급이 분명하게 나뉜 사회는 아니다. 제도적으로도 신분 차별은 존재하지 않는다. 그러나 오래전의 신분 제도보다 인간의 가치를 폄훼하는 새로운 계급적 기준이 등장했다. 바로 '경제력'이다. 임대 아파트에 사는 아이들을 배타적으로 대하는 학부형들의 태도를 다룬 기사를 읽고 씁쓸한 마음을 금할 수 없었다. 어른뿐인가? 초등학생들이 친구를 사귈 때 그 집의 자동차 크기와 아파트 평수를 기준으로 끼리끼리만 교류한다는 기사를 읽은 적도 있다. 돈을 숭앙하는 어른들의 태도를 아이들이 고스란히 따라한 결과일 것이다. 겉모습으로 사람을 판단한다는 점에서 21세기 대한민국과 19세기 영국의 비틀린 사회상이 겹쳐 있는 듯하다.

낭만주의는 이런 배금주의적이고 물질 만능주의적 태도를 철저히 배격한다. 워즈워스 같은 낭만주의 시인들은 자신의 지위를 드러내려고 겉모습을 꾸미며 젠체하는 런던 사람들보다는 소박하고 꾸밈없는 시골 사람들을 작품에 담았다. 허영심에 차서 겉모습을 호사롭게 꾸미는 삶보다 소박하게 있는 그대로의 자기 모습을 보여주는 삶을 더 가치 있게 여겼던 낭만주의 시인들의 태도가 절실하게 필요한 시대다.

소설로 바라본 19세기 영국

●

문학작품은 허구의 이야기이지만, 현실을 반영한다는 측면에서 당대의 시대상을 이해하는 데 큰 도움을 주는 텍스트다. 영문학자로서 19세기 영국의 사회상을 이해하는 데 찰스 디킨스의 소설만 한 작품이 없다고 나는 생각한다. '스크루지 영감 이야기'로 우리에게 잘 알려진 디킨스는 가난한 사람들의 편에 서서 그들의 어려움을 작품에 담아내 당시 영국 사회의 병폐를 고발한 작가다. 특히 그의 소설《올리버 트위스트》와《거대한 유산》은 19세기 영국의 중요한 단면을 보여준다.

산업화가 진행될수록 당시 영국의 자본가들은 대량생산을 통해 이윤을 극대화하고자 했다. 이 과정에서 노동자들의 노동은 이윤

창출의 기반이 되었지만, 더욱 많은 이익을 남기고자 했던 자본가는 이 노동에 정당한 대가를 치르지 않는 경우가 허다했다. 임금조차 제대로 받지 못하는 상황에서 노동 환경 개선이나 복지 같은 것은 꿈도 꾸기 어려웠다. 생산수단을 가진 자본가들은 점차 부를 키워갔으나, 그렇지 못한 노동자들은 아무리 일을 열심히 해도 가난의 굴레를 벗어나기 어려웠다. 이와 같은 19세기 영국 사회의 경제적 양극화의 모습이 《올리버 트위스트》에 고스란히 담겨 있다.

소설에서 주인공 올리버가 태어난 곳은 '구빈원workhouse'인데, 이곳에 대한 설명을 빼놓고는 그 시대 가난한 사람들의 상황을 말할 수 없다. 오늘날에도 영국의 도시들 중에는 당시의 구빈원을 박물관으로 보존해놓은 곳이 있다. 올리버는 그저 어느 가난한 소년이 아니라, 구빈원에 수용된 사람들 중 한 명이었다. 기록에 따르면 1838년에는 약 1만 명, 1843년에는 약 2만 명이 구빈원에 몰려들었다. 당시 영국 정부는 지역마다 소규모로 가난한 사람들을 위한 구호 활동을 하게 하다가 관리 비용이 증가하자 구빈원을 만들었다. 많은 인원을 한곳에서 관리하면 비용이 절감될 것이라는 판단에서였다. 가난한 이들을 위한 구호 장소였음에도 불구하고 운영 비용을 최소화하기 위해 당시 영국 정부는 가난한 사람들이 가능하면 구빈원에 오지 않게 만들려고 의도적으로 구빈원의 생활을 열악하게 만들었다. 뒤의 그림에서 볼 수 있듯이, 잠자리도 한 사람이 겨우 누울 수 있는 정도의 공간만 허락했다. 오늘날 굴지의 선진국인 영

영국의 구빈원 모습

국에서 이런 일이 있었다니 믿기지 않을 정도다.

《올리버 트위스트》에서 디킨스는 이러한 영국 정부의 행태를 풍자하는 데 초점을 두었다. 구빈원을 관리하는 위원회 사람들은 구빈원이 극빈자들에게 지상 낙원일 수 있다는 걸 어느 순간 깨닫는다. 작품에서는 어떻게 하면 그들이 구빈원에 오지 못하도록 할까 궁리하는 장면이 나온다.

"공짜로 먹여주고, 재워주고, 비싼 이혼 소송비도 없이 이혼을 시켜주니 극빈자들이 구빈원을 얼마나 좋아하겠나? 무슨 수를 써야 하겠네!"

아무도 가고 싶어 하지 않는 구빈원이지만, 부유한 관리자들은 이곳 생활이 가난한 이들에게 편하리라고 착각한다. 무료로 숙식을 제공한다지만, 대신 열악한 생활환경을 감수하고 혹독한 노동을 해야 했음에도 말이다. 구빈원에서는 남자와 여자, 어린이는 각각 따로 수용되어야 했으므로 어쩔 수 없이 이산가족이 되어야 했는데, 이를 두고 소송비도 지불하지 않고 이혼을 시켜주고 남자에게는 부양의 의무도 없애주니 얼마나 좋냐고 생각하는 관리들을 묘사하는 장면에서 디킨스만이 표현할 수 있는 풍자문학의 진수가 느껴진다.

그뿐만이 아니다. 관리자들은 의도적으로 구빈원 생활자들의 식사인 오트밀에 물을 잔뜩 넣어서 주었다. 우리가 못살던 시절에 쌀이 부족할 때 죽을 만들어 먹었던 것처럼 말이다. 하지만 관리자들의 이런 비인간적인 행동은 제 꾀에 제가 넘어가는 결과로 이어진

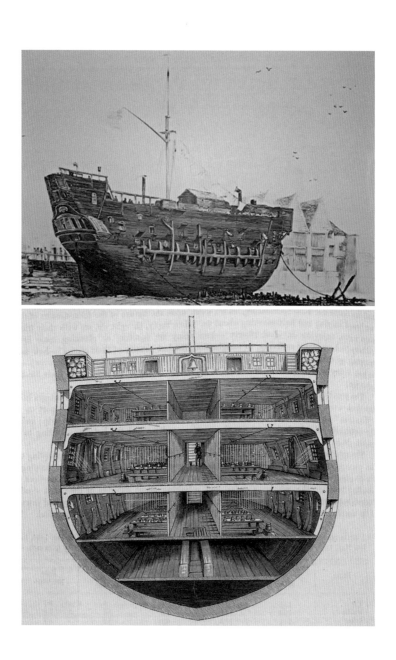

다. 식재료비는 줄었지만, 제대로 먹지 못해 구빈원 수용자들의 몸이 말라 헐거워진 옷을 수선하는 비용이 많이 들었고, 영양실조로 죽어가는 사람이 늘어나 장례비가 증가했다고 디킨스는 웃지 못할 슬픈 상황을 풍자로 승화시킨다.

《올리버 트위스트》가 영국 구빈원의 생활상과 열악함을 묘사했다면,《거대한 유산》에는 죄수들을 해외로 파송하는 이야기가 나온다.《거대한 유산》은 주인공 핍이 우연하게 죄수를 만나 도와주는 것으로 시작한다. 그 죄수는 앞의 그림과 같은 배에서 도망친 사람이다.

위쪽의 그림을 자세히 보면 배는 물 위가 아닌 뭍에 있다. 이것은 폐선hulk을 이용해 만들어진 감옥이다. 배의 내부를 보여주는 아래 그림에서 알 수 있듯이, 좁은 공간에 수많은 죄수들을 수용하다 보니 이 폐선 감옥은 지상에 지어진 감옥보다 내부 환경이 열악했고, 좁은 공간 안에 전염병이 돌아 많은 사람이 죽기도 했다. 이 폐선으로도 죄수를 다 수용하지 못하게 되는 상황에 이르자 영국 정부는 호주 같은 해외로 죄수들을 보내기도 했다. 기록에 따르면, 18세기 말에서 19세기 중반까지 호주로 보내진 죄수들은 약 16만 명 정도라고 한다.

그렇다면 왜 이렇게 죄수들이 많았을까? 당시 영국에서는 급격한 산업화의 영향으로 도시 빈민의 증가가 가속화되었고, 이들의 생계형 범죄도 늘어났다. 문제는 영국 정부가 이런 범죄들까지 강력하게 처벌했다는 사실이다. 《레 미제라블》의 장발장 같은 경우처럼 말이다. 나라가 부자들을 위해서 법을 집행하니, 이런 시대를 살았던 작가들은 억압적인 정부에 저항적일 수밖에 없었다.

찰스 디킨스는 '셰익스피어 이래 영국이 낳은 가장 위대한 작가'라는 평가를 받는다. 착취당하는 어린 노동자의 삶을 조명하고(《올리버 트위스트》), 영국 중산계급에 만연했던 사회적 욕망을 여실히 보여주었던《거대한 유산》그의 작품들이 200여 년이 지난 지금까지도 세계적인 고전으로 읽히는 이유는 시대의 모순과 경제적 양극화로 인한 사회악에 눈감지 않고 자신이 살아가는 세계의 어두운 실상을 오롯이 담아내고자 했던 작가 정신 때문이다. 19세기 영국의 이야기가 지금의 내 삶과는 거리가 먼 옛날이야기로만 느껴진다면, 그 시절을 담은 소설 속으로 여행을 떠나보자. 그 어떤 역사적 사료보다 통렬하고 선연한 깨우침을 얻을 수 있을 것이다. 그리고 그것은 곧 우리가 낭만과 감수성이 사라진 시대에 문학을 읽어야 하는 이유와도 연결된다.

3. 낭만주의 시에 담긴 삶의 철학들

셸리는 세상에 숨겨져 있는 아름다움을 발견하는 것이
시의 역할이라고 보았다.
"친숙한 대상을 마치 친숙하지 않은 것처럼 보이게" 한다는 건
너무나 친숙한 나머지 그냥 지나치는 것들을
시인은 새로운 시각으로 보게 한다는 의미다.
다르게 표현하면,
시를 통해 아름다움을 가렸던 장막이 벗겨짐으로써
일상 속에 숨은 새로운 미를
평범한 사람들도 발견하게 된다는 말이다.
그래서 "시는 모든 것을 아름답게 만든다"고
셸리는 말하는 것이다.

우리 삶에 시가 필요한 이유

●

너무나 깊이 감동하여 암송하고 있는 애송시가 있는지? 혹은 최근에 읽은 책 중 시집이 있었는지? 우리의 옛 선인들은 계절마다 자연을 벗 삼으며 시절의 아름다움과 인생의 희로애락을 담은 시를 주거니 받거니 했다. 그러나 요즘에는 삶이 각박해져서 그런지 달뜬 감정에 취해 시를 낭송하는 사람도, 시집을 사서 들여다보는 사람도 찾기 어려워진 것 같다. 하지만 효율과 성취만을 강조하며 바삐 돌아가는 세상사의 한가운데에서 시 한 구절이 건네는 위안의 힘을 놓치고 살기엔 시는 너무 아름다운 장르다.

시의 가치에 대해 이야기할 때 꼭 언급하는 글이 있다. 바로 영국 시인 퍼시 셸리*가 남긴 〈시를 위한 변론〉이다. 〈시를 위한 변론〉은 낭만주의 시대 문학 중에서도 손꼽히는 명문이다. 200여 년 전에도 오늘날처럼 시의 가치에 대해 회의적인 견해가 적지 않았다. 셸리의 친구였던 토마스 피콕Thomas Peacock은 《시의 네 가지 시대》에서 시가 사회 발전에 무익하다고 주장했다. 피콕은 역사나 사회에 무관심하고 이성보다 환상을 추구하는 시가 현실을 동화의 나라로 바꾼다고 비판하면서, 실용적인 학문에 전념해야 할 지성들이 시로 인해 방해받게 될 것이라고 우려했다. 학문의 실용성을 더 중요시하는 요즘 우리의 상황과 어딘지 닮아 보인다.

셸리는 〈시를 위한 변론〉에서 '이성'은 분석하는 능력, '상상력'은 통합하는 능력으로 보고, 이성이 수단, 몸, 그림자라면, 상상력은 행위의 주체, 영혼, 본질에 해당하여 서로 대립된다고 간주했다. 그리고 둘 중 후자가 더 중요하다고 생각했다. 그에 따르면 시는 상상력으로 쓸 수 있기 때문에, 시인을 바람에 의해 연주되는 에올리언 하프로 비유했다. 셸리는 시인은 현재를 왜곡되거나 가장된 모습이 아니라 있는 그대로 파악하고, 그것을 바탕으로 인간 사상의 선구

---

*   셸리는 《프랑켄슈타인》(참고로 프랑켄스타인은 괴물의 이름이 아니라 괴물을 만든 인물의 이름이다)을 쓴 메리 셸리Mary Shelley의 남편이자, 유명한 사상가이자 문학가인 윌리엄 고드윈William Godwin과 《여성의 권리 옹호》 등으로 유명한 페미니스트 작가 메리 울스턴크래프트Mary Wollstonecraft의 사위다. 셸리는 학창 시절 왜소한 체구로 따돌림을 당한 경험 탓에 성인이 된 이후 억압과 불의에 맞서 싸우는 정치적 활동에 큰 관심을 기울였다. 그는 한때 영국을 떠나 이탈리아에서 시인 조지 바이런George Byron과 교유하기도 했는데, 바이런처럼 귀족 출신이면서도 정치적으로는 급진적이었다.

자로 활약한다는 의미에서 '예언자' 역할을 한다고 보았다.[**]

또한 그는 소설과 시를 비교하면서 소설은 시간, 장소, 상황, 인과론으로 연결된 일련의 사실들인 반면, 시는 인간 본성의 변함없는 형태로 창작된 것이라고 주장했다. 그래서 소설은 지엽적이고 한정된 시간 안에만 일어나고 다시는 일어나지 않을 사건을 다루는 반면, 시는 보편적이며, 인간 본성에 의해 다양한 형태로 나타나는 행위들을 다룬다고 했다. 다음은 〈시를 위한 변론〉에서 일부 발췌한 내용이다.

· 시는 항상 즐거움과 함께하며, 시를 읽는 사람은 기쁨과 함께 지혜를 얻게 된다.
· 시인은 현재를 있는 그대로 세밀하게 바라볼 뿐만 아니라, 현재의 사물들이 이상적인 상태로 되게 하는 법칙들을 발견하고, 현재에서 미래를 바라보고, 그의 생각은 참신한 결실을 낳게 한다.
· 시인은 어둠 속에 앉아서 달콤한 소리로 자신의 고독을 달래며 노래하는 나이팅게일이다. 그의 청중은 보이지 않는 음악가의 멜로디에 매혹되고, 왜 그런지, 어떤 근원에서 오는 것인지는 모르지만 마음이 감동을 받아 부드러워진다.

[**] 여기서 예언자는 단순히 '점쟁이'라는 의미가 아니라 '시대를 앞서보는 사람'이라는 뜻이다.

· 시가 비도덕적이라는 비판은 시가 사람의 도덕을 어떻게 향상시키는지 모르기 때문이다. 사람이 다른 사람을 증오하고 경멸하고 비난하고 속이고 종속시키는 것은 윤리학이 부족해서가 아니다. 시는 윤리학과는 다른 방식으로 작용한다. 시는 수많은 생각들을 저장할 수 있게 함으로써, 사람의 마음을 일깨우고 확장시킨다. 시는 세상에 숨겨진 미의 장막을 벗기어, 친숙한 대상을 마치 친숙하지 않은 것처럼 보이게 한다.

· 시는 모든 것을 아름답게 만든다. 시는 가장 아름다운 것을 칭송하고, 가장 흉한 것에는 미를 첨가한다. 환희와 공포, 슬픔과 기쁨, 영원과 변화를 결합시켜, 서로 화합할 수 없는 것들을 결합시킨다. 시는 시가 스치고 지나가는 모든 것을 변화시킨다. 즉, 시가 발하는 빛 안에 존재하는 모든 것들은 놀라운 공감을 통해서 시가 불어넣는 정신의 감화를 받는다.

시보다 소설이 더 발전된 형태의 문학이라고 보는 현대의 비평가들이 많지만 셸리의 생각은 달랐다. 그는 소설은 한 시대를 배경으로 하여 그 시대에 한 번 일어난 일을 다루므로 제한적이지만, 시는 시대를 초월한 보편적인 인간의 감정을 다룬다고 보았다. 다른 사람의 고통을 자신의 고통처럼 느낄 수 있을 때 사람은 도덕적이게 되는데, 셸리에 따르면 그렇게 느끼게 하는 능력이 바로 상상력이다. 상상력은 공감을 위한 전제 조건으로 이해할 수 있다. 나와 타인은 물리적으로 다른 실체이기 때문에 나는 그의 고통을 온전히 똑같이 경험할 수도, 인지할 수도 없다. 따라서 공감하고 연민하기 위해 타인의 입장이 되어 그 고통을 상상할 줄 아는 능력이 필요하다는 셸리의 지적은 매우 설득력이 있다. 그리고 시는 상상력을 확장시키는 역할, 즉 타인에 대한 공감 능력을 확장시키는 역할을 하므로 시를 읽으면 사람이 선해진다는 것이 그의 논리다.

시가 세상에 숨겨진 미의 장막을 벗긴다는 표현도 흥미롭다. 셸리는 세상에 숨겨져 있는 아름다움을 발견하는 것이 시의 역할이라고 보았다. "친숙한 대상을 마치 친숙하지 않은 것처럼 보이게" 한다는 건 너무나 친숙한 나머지 그냥 지나치는 것들을 시인은 새로운 시각으로 보게 한다는 의미다. 다르게 표현하면, 시를 통해 아름다움을 가렸던 장막이 벗겨짐으로써 일상 속에 숨은 새로운 미를 평범한 사람들도 발견하게 된다는 말이다. 그래서 "시는 모든 것을 아름답게 만든다"고 셸리는 말하는 것이다.

시인은 "현재의 사물들"의 "이상적인 상태"를 보는 사람이다. 우리가 보는 어떤 대상의 현재의 상태는 여러 가지 요인으로 왜곡되었을 경우가 많다. 셸리는 왜곡된 현실에서 벗어나 이상적인 상태를 사람들에게 제시해주는 것을 시인의 임무로 보았다. 또한 시인은 만연하는 가치관이나 관례를 따르도록 종용하는 사회에서 도통 어울릴 수 없는 외톨이와도 같은 존재이기 때문에, 셸리는 시인을 외롭게 울부짖는 나이팅게일에 비유했다.

셸리는 "이기적이고 계산적인" 태도가 지나쳐서 "물질적인 축적"
과 같은 "삶의 외형적인 부분"이 인간 본성 등 내면적 측면을 압도
한 결과, 몸이 정신을 지배하게 되었다고 말한다. 이처럼 물질적인
것이 정신적인 것을 압도하는 사태를 해결하는 데 시가 도움을 준
다고 그는 믿었다. 물질적인 가치만을 중요시하는 현상이 가속화되
고 있는 요즘이기에 시를 위한 셸리의 변론이 우리의 마음에 더욱
와닿는 것 같다.

이별의 아픔을 잊은 그대에게

●

매년 연말이 되면 우리의 귓가를 두드리는 노래가 있다. "오랫동안 사귀었던 정든 친구여…"라는 가사로 시작하는 노래, 〈석별의 정〉이 그것이다. 한 해를 보내면서 듣는 노래여서 그런지 늘 구슬프게 느껴지는 노래다. 이 노래는 스코틀랜드의 '국민 시인National poet' 인 로버트 번스Robert Burns의 시에서 가져왔다. 로버트 번스에게 따라붙는 '국민 시인'이라는 별칭은 인기가 많다는 뜻의 '국민 배우', '국민 가수'와는 그 쓰임이 전혀 다르다. 로버트 번스가 '국민 시인' 으로 불리는 이유는 스코틀랜드 토착어(게일어)의 영향을 받은 영어로 시를 썼기 때문이다. 실제로 〈석별의 정〉은 스코틀랜드의 '애국가'처럼 여겨질 정도다.

스코틀랜드 사람들은 19세기부터 '번스 나이트Burns Night'라는 행사를 거행해왔다. 매년 번스가 태어난 1월 25일에 하기스haggis*라는 전통 음식을 먹고 백파이프 연주와 함께 번스의 시를 낭송하는 행사다. 만찬이 시작하기 전에는 번스가 쓴 〈하기스에게〉를 낭송하고, 모임이 끝날 때는 〈석별의 정〉을 부르며 아쉬운 마음을 달랜다. 로버트 번스의 시로 시작해서 그의 시로 끝나는 셈이다.

번스의 시를 가사로 한 노래들 중엔 〈석별의 정〉 말고도 귀에 익은 곡들이 많은데, 〈그대는 빨간 장미〉도 그중 하나다. 유튜브를 검색해보면, 짐 말콤Jim Malcolm이라는 가수가 스코틀랜드 전통 의상을 입고 이 노래를 부른 영상을 볼 수 있다. 〈그대는 빨간 장미〉는 번스의 대표작으로 단순하면서도 짧은 시다. 이 시의 전문은 다음과 같다.

그대는 빨간 장미

오! 내 사랑은

6월에 갓 피어난 빨간 장미 같구나.

오! 내 사랑은

아름다운 곡조로 연주되는 음악 같구나.

---

* 양의 심장, 허파, 간, 위, 심지어 혀까지 섞어 만든 스코틀랜드의 국민음식.

내 어여쁜 소녀여,

그대가 너무나 아름다워 난 깊은 사랑에 빠졌다오.

그대여,

저 바다가 마를 때까지 난 그대를 사랑하리라.

저 바다가 마를 때까지 말이에요,

그리고 바위가 햇살에 녹아내릴 때까지,

오, 나는 항상 그대를 사랑하리라,

인생의 모래시계가 다할 때까지.

내 하나뿐인 사랑, 잘 있어요,

다시 만날 때까지,

내 사랑이여,

수만 리 먼 길이라 할지라도

나는 다시 돌아오리라.

A Red, Red Rose

O my Luve is like a red, red rose
That's newly sprung in June;
O my Luve is like the melody
That's sweetly played in tune.

So fair art thou, my bonnie lass,
So deep in luve am I;
And I will luve thee still, my dear,
Till a' the seas gang dry.

Till a' the seas gang dry, my dear,
And the rocks melt wi' the sun;
I will love thee still, my dear,
While the sands o' life shall run.

And fare thee weel, my only luve!
And fare thee weel awhile!
And I will come again, my luve,
Though it were ten thousand mile.

남녀의 이별을 담은 우리 노래 〈아리랑〉이 내용은 단순하지만 한국인의 깊은 정서를 담고 있듯이, 이 시도 그러하다. 번역된 문장만을 보면 수많은 사랑 시 중 하나로 느껴지겠지만, 원어로 낭송하면 그 운율과 각운rhyme의 아름다움이 느껴진다. 이 시는 사랑하는 마음을 과장법으로 표현한 것이 특징이다. '바다가 마를 때까지', '바위가 햇살에 녹아내릴 때까지', 그리고 '인생의 모래시계가 다할 때까지', 한마디로 죽는 날까지 사랑하겠다는 말이다. 요즘에는 이런 과장법이 진부하게 느껴지기도 하지만, 사랑을 표현할 때는 이런 과장이 애교스럽게 느껴진다. 반면에 사랑하는 이와의 이별로 인한 슬픔은 초연하게 표현된다. 그 아픔을 세세하게 다 말하면 서로가 더 힘들어질 테니 말이다. 절제된 언어 속에 담긴 깊은 사랑을 느끼는 것. 그것이 바로 이 시를 감상하는 핵심이다.

앞에서 로버트 번스가 게일어의 영향을 받은 토착적인 영어로 시를 썼기 때문에 국민 시인으로 추앙받는다는 이야기를 했는데, 시의 원문에서 볼 수 있듯이 우리가 아는 현대 영어와는 많이 다르다. 스코틀랜드의 지방어가 섞여 있기 때문이다.

그렇다면 스코틀랜드 언어는 무엇인가? 언어에 대한 이야기를 하자면, 역사 이야기를 하지 않을 수 없다. 선사시대에 영국에는 켈트족이 살았다. 1~5세기에는 이곳을 로마군이 점령했는데, 지금도 영국의 '바스Bath'라는 곳에는 로마시대의 목욕탕이 남아 있다. 로마는 잉글랜드와 웨일스까지만 점령했는데, 이는 북쪽에 위치한 스코틀랜드와 아일랜드가 잉글랜드와 웨일스와 언어적·문화적 차이가 생긴 원인으로 여겨지기도 한다.

이후 5세기경에는 독일어를 사용하는 앵글로색슨족이 동쪽으로부터 침략해왔는데, 이로 인해 원래 살고 있던 켈트족은 서쪽과 북쪽으로 쫓겨났다. 서쪽의 웨일스와 북쪽의 스코틀랜드에 아직까지 켈트어가 남아 있는 이유다. 이때 앵글로색슨족의 침략에 맞서 싸운 영국왕의 이야기가 바로 그 유명한 아서왕의 전설이 되었다. 다시 말해, 아서왕은 영어를 쓰는 사람이 아니라 켈트어를 쓰는 사람이었던 것이다. 이 시기부터 영국에서는 '고대영어old English'라고 불리는 영어가 쓰이기 시작했다.*

11세기에는 프랑스 노르망디의 윌리엄 공작이 침략했는데, 그 규모가 크지 않아 백성들은 계속 영어를 썼고, 궁중에서만 프랑스 어를 썼다. 이 시기 이후부터 15세기까지의 영어를 '중세영어middle English'라고 하는데, 오늘날의 영어와 상당히 비슷하다. 이 시기 의 언어와 역사의 밀접한 관계를 보여주는 한 예로 동물과 그로부 터 얻을 수 있는 고기를 지칭하는 단어들을 들 수 있다. '소cow', '돼 지pig', '양sheep'은 앵글로색슨족으로부터 유래한 단어이고, '소고기 beef', '돼지고기pork', '양고기mutton'는 프랑스어에서 온 단어이다. 이 런 어원적 차이는 주로 프랑스에서 온 귀족들이 고기를 먹었다는 증거로(가난한 앵글로색슨족은 고기를 먹지 못했다는 의미) 여겨진다.

영국의 지명을 발음할 때도 차이를 보인다. 가령, 'Birmingham' 은 미국에서는 '버밍햄'이겠지만, 영국에서는 'h'를 무음으로 처리해 '버밍엄'으로 발음한다. 영국 도시 이름 중에서 발음이 불규칙한 예 를 살펴보면, 'Gloucester', 'Leicester', 'Salisbury', 'Reading', 'Durham', 'Warwick' 등이 있는데, 각각 '글로스터', '레스터', '솔즈브리', '레딩', '더럼', '워릭'으로 발음한다. 영국 프리미어리그 축구팀 중에 축구 선수 기성용이 활동했던 '스완지Swansea'라는 팀이 있다. '백조의 바

---

* 그 모양이 거의 독일어와 흡사해서 현대 영어를 사용하는 요즘 사람들은 해독이 거의 불가능하다.

다'라는 의미로 알파벳 표기를 따라 '스완시'라고 발음하지 않는 이유는 웨일스어에서 유래한 단어이기 때문이다. 또한 미국 영어에 익숙한 우리는 'schedule'을 '스케줄'이라고 발음하지만, 영국에서는 '쉐쥴'이라고 발음한다.

이처럼 우리에게는 다 같아 보이는 영어이지만 실제로는 그렇지 않다. 번스의 시는 스코틀랜드의 토속적인 색채가 묻은 영어로 쓰여 있기에, 스코틀랜드 사람들의 마음에 더 깊이 와닿을 것이다. 하지만 언어가 다르더라도 사랑하는 이와의 이별이 주는 회한과 헛헛함의 정서는 만국 공통인 것일까? 번스의 시는 우리에게도 이별의 의미를 새삼 되새기게 한다.

인생에서 헤어짐은 피할 수 없다. 아니, 우리의 인생은 이별의 연속이다. 이별로 인한 슬픔은 고통스럽지만, 번스의 시를 읽다 보면 그런 슬픔도 낭만의 일부분이 아닐까 하는 생각이 든다. 삶이 항상 기쁘고 즐겁기만 하다면 낭만이 들어갈 자리는 없을지도 모른다. 헤어짐의 슬픔이 있기에 사랑하는 순간의 희열이 더 눈부신 것이 아닐까.

이성만으로 사랑을 할 수 있을까?

●

어린아이는 현실성이 전혀 없는 동화를 읽어도 그 이야기에 빠져든다. 가령, 왕자를 사랑하는 인어공주가 물거품이 되어버린다는 내용의 《인어공주》를 읽고 그 비극적인 결말에 마음 아파한다. 어린이의 상상력은 '허구'와 '사실'이라는 이분법의 영향을 받지 않는다. 어린아이에게는 상상의 세계가 오히려 더 깊은 호기심과 흥미를 유발한다. 그렇지만 어른이 되면 그런 상상 속 환상 같은 이야기는 더 이상 귀에 들어오지 않게 된다.

어린아이들이 동화를 읽고 깊은 여운을 느끼는 이유는 이야기에서 현실감을 느낄 만큼 풍부한 상상력이 있기 때문이다. 낭만주의 작가들의 작품은 어른들에게도 아이들이 발휘하는 상상력을 요구한다. 가령, 독일의 낭만주의 작가 노발리스Novalis는 《푸른 꽃》에서 음유시인의 아름다운 노랫소리를 듣고 바다에 빠진 사람을 구해준 괴물 이야기나, 아름다운 공주가 숲속에서 우연히 만난 시골 젊은 이와 사랑에 빠져서 궁전을 떠나 결혼하는 이야기 등 동화 같은 스토리를 들려준다. 낭만주의 시대의 작가들은 어린아이들에게나 들려줄 법한 이런 동화 같은 이야기를 왜 집필했던 것일까? 아마도 이들에게는 '얼마나 사실성reality이 있느냐'가 창작 과정에 문제가 되지 않았기 때문일 것이다.

영국 낭만주의 시인 존 키츠John Keats도 초자연적인 이야기를 담은 몇 편의 시를 썼다. 그중에서 뱀의 여신 라미아Lamia에 관한 이야기를 담은 시 〈라미아〉는 낭만적 분위기가 물씬 느껴지는 작품이다. 이 시는 우화처럼 이야기 속에 숨은 메시지가 있기 때문에 그것을 해독하면서 읽어나가면 작품의 의미와 작가의 의도가 더욱 풍부한 결로 다가온다.

그리스 신화에서 라미아는 제우스가 사랑에 빠진 리비아의 아름다운 여왕인데, 그의 부인 헤라의 질투로 인하여 아이를 잡아먹는 괴물이 되고 만다.* 키츠의 〈라미아〉는 조금 다른 내용을 담고 있다. 전령의 신 헤르메스가 한 요정과 사랑에 빠졌는데 그녀는 그에

---

* 그리스 엄마들은 말 안 듣는 아이들을 혼낼 때 라미아가 잡아간다고 말한다고 한다. 하반신은 뱀, 상반신은 여인의 모습을 한 라미아는 남성을 유혹해 해치는 인물로도 알려져 있다.

키츠의 시 〈라미아〉에 영감을 받아 그린 존 워터하우스의 그림

게 보이지 않는다. 헤르메스의 눈에만 보이지 않는 마법에 걸린 것이다. 라미아는 헤르메스에게 자신의 마법으로 그 요정이 보이도록 해줄 테니, 자신을 사람으로 변신시켜 자신이 사랑하는 리시우스가 있는 그리스의 고린토Corinth로 보내달라고 부탁한다.

"나는 한때 여인이었어요. 다시 한번 여인의 몸을 갖게 해주세요. 전처럼 아리따운 여인으로 말이에요. 나는 고린토에 사는 한 남자를 사랑하고 있어요. 여인의 모습으로 나를 되돌려줘서 그가 있는 곳으로 데려다주세요."

인어공주가 사랑하는 왕자를 위해 인어의 삶을 포기하고 사람이 되듯이, 라미아는 리시우스를 위해 뱀의 여신이기를 포기하고 사람이 되기를 자청한다. 헤르메스는 그녀의 청을 들어준다. 고린토에 도착한 라미아는 수줍어서 먼저 말을 건네지 못한 채, 혼자 산책 중이던 리시우스의 옆으로 다가가지만, 사색에 잠긴 그는 그녀를 알아보지 못하고 지나친다. 그러자 그녀는 "리시우스여, 당신은 나를 이 언덕에 혼자 내버려둘 건가요? 나를 돌아보고 동정심을 좀 가지세요!"라고 외친다. 여타의 신화 속에서 라미아는 대체로 요부, 요물로 그려지지만, 키츠의 〈라미아〉에서는 리시우스를 향해 '순정한 사랑의 마음을 품은 여인'으로 그려진다.

그 순간 뒤를 돌아본 리시우스는 그녀를 보자마자 사랑에 빠져서, "당신을 혼자 내버려두다니요! 당신에게서 내 눈을 잠시도 떼지 못할 거요! 당신이 사라진다면 나는 죽고 말 거요. 이런 내 마음에 동정심이라는 표현은 어울리지 않아요"라고 고백한다. 이어서 라미아는 자신은 보통 사람들이 사는 지역으로부터 떨어진 마법의 궁전에서 산다면서 그를 그곳으로 데리고 간다. 그 궁전에서 그녀는 리시우스에게 이 세상의 악기로는 연주할 수 없는 아름다운 사랑의 노래를 불러준다. 라미아는 리시우스가 자신에 대해서 행여나 가질지도 모를 두려움을 떨치도록 여신으로서의 지위를 버리고, 평범한 여인이 된 것이다. 라미아의 신비로운 궁전은 고린토에 있지만 사람들은 그 입구를 찾지 못해 들어갈 수 없어서, 두 사람은 세상 사람들로부터 격리된 채로 둘만의 행복한 삶을 누린다.

그들의 사랑이 오래 지속되면 좋았겠지만, 키츠는 오두막에서의 사랑이든 궁전에서의 사랑이든, 사랑이란 오래 지속되기 힘들다는 비관론을 보여준다. 사소한 일로 고집을 피우다가 사랑을 잃어버리는 상황이 이 시에서도 묘사된다.

어느 여름날 저녁 무렵, 여느 때처럼 두 사람은 마주 앉아 사랑의 시선을 나누고 있었다. 그러다 문득 리시우스가 궁전 밖에서 들리는 트럼펫 소리를 듣는다. 궁전에서 살기 시작한 이후 처음으로 그는 궁전 밖의 "소란한 세상"에 마음이 쏠리기 시작한 것이다. 불길한 징조를 예감한 라미아는 지나치다 싶을 정도의 반응을 보인다. 이에 "아름다운 이여, 왜 깊은 한숨을 쉬고 있죠?"라고 리시우스가 묻자, 라미아는 이렇게 대답한다.

"왜 그러겠어요? 당신이 나를 버렸으니 그러죠. 내가 지금 어디에 있나요? 당신의 마음에 없어요. 당신의 관심은 다른 곳에 있으니까요. 정말이에요. 당신은 나를 상관하지 않아요. 나는 당신의 마음에서 멀어졌다고요."

그러자 그는 스스로를 "그대의 영혼이 내 영혼에서 빠져나가지 못하게 얽어매어 놓으려고 항상 애쓰는 사람"이라며 그녀를 달래고 나서, 자신이 궁전에서 이처럼 행복한 삶을 살고 있다는 것을 세상 사람들에게 자랑할 수 있도록 결혼식을 올리고 싶다고 말한다. 자신의 존재가 드러나길 원치 않았던 그녀는 애원하며 리시우스의 생각을 바꾸려 했지만, 그는 고집을 피울 뿐이다. 결국 라미아는 그가 원하는 대로 결혼식을 올린다. 단, 한 가지 조건을 내건다. 리시우스의 스승인 철학자 아폴로니우스만은 절대 결혼식에 초대하지 말 것을 말이다.

이윽고 라미아는 마법으로 "보이지 않는 하인들"을 시켜서 음식과 장식 등 결혼식에 필요한 모든 것을 성대하게 준비한다. 그리고 마침내 찾아온 결혼식 날, 시인은 "오, 철없는 리시우스! 왜 그 고요한 축복의 운명과 포근한 은둔의 시간을 조롱하고, 그 비밀의 안식처를 세상 사람들에게 노출시키는가?"라며 한탄한다. 결혼식에 온 모든 하객들은 자신들이 사는 지역에 이런 화려한 궁전이 있었다는 것에 놀라고 경탄을 금치 못한다. 오직 한 사람만 제외하고 말이다. 바로 초대를 받지 않은 아폴로니우스가 시쁜 표정을 한 채 등장한 것이다. 리시우스는 아폴로니우스를 반갑게 맞이하며 초대하지 않은 것에 대해 정중히 사과한다.

축하연은 성대했다. 아로마 향으로 가득 찬 연회장에는 양털로 짠 양탄자가 깔려 있었고, 비단으로 된 의자와 사자가 새겨진 넓은 원형 탁자들, 온갖 고급스런 휘장들로 치장되어 있었다. 감미로운 음악이 울려 퍼지는 가운데 금으로 된 술잔에 향기로운 와인을 따라 마시면서 하객들은 이런 놀라운 광경에 감탄하고 한편으로는 의심한다. 이때 키츠는 이렇게 읊조린다.

모든 마법은 차가운 철학의 손길이 닿기만 해도 사라져버리지 않는가?
한때 하늘에는 경이로운 무지개가 떠 있었지만,
그 실체를 분석한 우리에게,
그것은 이제 한낱 물리적인 빛의 파장일 뿐이다.
철학은
곰살가운 라미아를 연기처럼 사라지게 하고,
천사의 날개를 잘라버리고,
모든 신비로운 것을 수치와 법칙으로 짓밟을 것이고,
모든 유령과 요정들을 쫓아버릴 것이고,
무지개를 해체시켜버릴 것이다.

키츠가 이 시에서 말하는 "차가운 철학"은 과학을 의미하는데, 이는 뉴턴이 무지개를 과학적으로 분석한 것을 암시한다. 키츠의 시에서 무지개는 신비로운 존재를 상징한다. 키츠는 이 대목에서 신비로움의 상징이었던 무지개가 이제는 하나의 물리적 현상으로 전락한 상황을 비판한다.

잔치의 흥겨운 분위기가 무르익고 라미아 옆에 앉아 있던 리시우스가 건배를 제의하려는 순간, 아폴로니우스의 집어삼킬 듯한 냉혹한 시선을 받은 라미아는 어떤 공포스러운 존재 앞에 불려간 것처럼 갑자기 몸이 경직되고 심한 고통을 느낀다. 창백해진 라미아는 정신을 잃어 리시우스가 아무리 불러도 대답하지 못한다. 이에 놀란 그는 아폴로니우스를 비난한다.

이 피눈물도 없는 사람이여, 그 부라리는 눈을 감으시오!
냉혹한 이여, 그 시선을 다른 데로 돌리시오,
모든 신들의 저주는 날카로운 가시로 그 눈을 찔러 눈멀게 하리라.
고린토인들이여, 보시오!
사랑스런 내 신부가 저 냉혹한 시선으로 죽어가고 있어요!

여기서 리시우스가 비판하는 아폴로니우스의 시선은 신비를 인정하지 않는 과학적 분석을 암시한다. 과학이 신비를 허용하지 않듯이, 아폴로니우스는 라미아와 같은 신비로운 인물을 용납하지 못한다. 때문에 리시우스의 비난에도 불구하고 아폴로니우스는 전혀 주저하지 않고, 분노 어린 목소리로 소리친다.

이 바보 같은 사람아!
내가 지금까지 너를 가르쳐왔건만,
네가 뱀의 먹이가 되도록 내버려둘까?

그 순간 철학자의 눈은 비수처럼 잔인하게 라미아를 꿰뚫고, 그녀는 가냘픈 손으로 그의 시선을 가리려 한다. 하지만 이에 아랑곳하지 않고 계속해서 그녀를 노려보던 철학자는 "이 여자는 뱀이야!"라고 외친다. 그 순간 라미아는 비명을 지르며 사라진다. 그녀가 사라지자, 리시우스는 생기를 잃어버린다. 그의 인생에서 기쁨도 같이 사라져버렸음은 물론이다. 곧이어 그도 숨을 거두고 만다.

우화와 같은 이 시에서 라미아와 아폴로니우스는 각각 대립되는 가치를 상징한다. 라미아는 감성적이고 상상력이 풍부한 사람을, 아폴로니우스는 사실 외의 것은 아무 가치가 없다고 믿는 사람을 대변한다. 이 연장선에서 키츠의 〈라미아〉는 이성 중심주의에 의해 낭만이 파괴되는 것을 표현한 시라고 해석할 수 있다. 아폴로니우스가 나타나지 않았더라면 라미아와 리시우스는 사랑을 지속하며 행복하게 잘 살았을 것이다. 물론 현실을 벗어난 환상 속의 삶이긴 하지만 말이다.

환상의 세계 속에서 평생을 행복하게 사는 것과 냉혹한 시선으로 그 환상을 깨뜨리고 현실을 직시하는 것. 둘 중 하나의 삶을 살아야 한다면 여러분은 어느 쪽을 택할 것인가?

우리는 흔히 사랑에 빠진 사람을 두고 '눈에 콩깍지가 씌였다'고 표현한다. 이 말은 누군가를 사랑하기 위해서는 환상이 필요하다는 뜻이다. 어느 정도의 환상 없이 누군가를 온전히 사랑할 수 있을까? 그 환상의 콩깍지를 벗겨내고 현실만을 바라보는 것이 과연 옳은 일일까?

키츠는 이 시에서 "철학이 천사의 날개를 잘라버릴" 것이라고 말했다. 키츠는 아폴로니우스처럼 모든 세상사를 사실이라는 기준으로만 보려는 어리석음을 비판한다. 사실만을 믿는 사람보다는 사실과 상상력을 더불어 믿는 사람이 정신적으로 더 풍요로운 삶을 살수 있다고 말이다. 헤르만 헤세Hermann Hesse의 《데미안》에서 에바 부인이 싱클레어에게 건넸던, 별을 사랑한 한 청년의 이야기가 떠오른다.

"어느 날 밤에 높은 바위 위에 서 있던 그는 별에 대한 사랑에 불타올라, 그 별을 향해 하늘로 뛰어 올랐지요. 하지만 뛰는 순간에 이것은 불가능한 일이라는 생각이 들자, 그는 해안으로 떨어져 죽고 말았어요. 그는 사랑할 줄 몰랐던 거예요. 그가 뛰었던 순간에 사랑의 실현을 굳게 믿었더라면, 그는 하늘 위로 날아가서 별과 하나가 되었을 거예요."

4. 어른이 되어간다는 것

어린 시절의 순수함이
창조성과 삶의 낭만성을 유지하는 데
긍정적인 영향을 미친다고는 하지만,
성장하지 않은 채로 언제까지나
어린 시절에만 머무를 수는 없다.
순수의 또 다른 얼굴은 미숙함이라는 사실을
우리는 잘 알고 있다.
블레이크의 또 다른 작품을 들여다보면
순수의 시절에서 경험의 시절로 넘어가는 과정에 대해
새로운 시선과 통찰을 얻을 수 있다.

순수, 창의와 영감의 원천

　4차 산업혁명의 시대에 주목받는 인간의 능력 중 하나는 기계나 인공지능이 따라올 수 없는 창의성이다. 그런데 사회 각계각층에서 활발히 이루어지는 창의성 담론을 보고 있으면 아이러니할 때가 있다. 자기만의 개성과 창의력이 중요하다는 목소리는 높아만 가는데, 현실 속 우리들은 획일화된 유행을 좇느라 여념이 없어 보이기 때문이다.

　낭만주의자들은 '보편성'이라는 잣대로 개인의 특성을 억압하는 것에 반대했고, 이런 경향을 보인 대표주자가 윌리엄 블레이크William Blake이다. 블레이크는 "일반화는 바보가 하는 짓이다To generalize is to be an idiot"라고 말하며, 각각의 개인이 가진 개성을 무시하고 보편성을 신봉하는 태도를 어리석다고 생각했다. "요즘은 이것이 대세"라며 많은 사람이 선호하는 것이라면 쉽게 받아들이는 풍토가 만연한 이 시대에, 그의 사상은 우리가 귀담아 들어봄직하다.

블레이크는 낭만주의 시인들 중에서도 눈에 띄게 독특한 이력의 소유자다. 그는 초등학교를 중퇴하고 집에서 어머니로부터 기초 교육을 받았다. 열한 살 때 미술학교에 입학하고, 후에 개인적인 미술 교습을 받은 것이 그가 받은 교육의 전부다. 인간에 대한 억압을 혐오했던 블레이크는 제도 교육을 거부했다. 블레이크는 시인으로 유명하지만, 당대에는 여러 시인의 출판물에 삽화를 그리거나 판화 제작에 몰두하는 등 화가로서의 역량도 뛰어났다. 그의 화풍은 너무나 독창적이어서, 당대 비평가들이 그를 "미쳤다mad"라고 평가할 정도였다.

그의 미술 작품은 오늘날 영국 주요 미술관에 전시되어 있는데, 초자연적이고 신비로운 그림들은 그가 얼마나 풍부한 상상력과 영감의 소유자인지 짐작하게 한다. 그가 창조해낸 작품들의 초자연적이면서도 신비로운 분위기는 제도 교육의 틀에 갇히지 않고 어린 시절부터 자신만의 감성과 창의성을 자유롭게 발산할 수 있었던 환경의 결과이다.

블레이크를 대표하는 시집으로 많은 이들이 《순수의 노래》와 《경험의 노래》를 꼽는다. 이 두 시집에 실린 시들은 비교적 단순해 보이지만, 블레이크의 사상이 압축된 작품들이다. 일반적으로 우리는 어렸을 땐 순수한 상태에 있다가, 세상을 살아가면서 여러 경험을 하는 가운데 어린 시절의 순수를 잃어간다고 생각한다. 블레이크의 시집 제목에서 '순수'와 '경험'이 의미하는 것도 넓게 보면 이를 가리킨다고 말할 수 있겠다. 이 두 시집에는 같은 제목의 시들이 나란히 있어서, 서로 비교하며 읽다 보면 그 차이를 느낄 수 있다. 《순수의 노래》와 《경험의 노래》에 각각 같은 제목으로 실린 〈유모의 노래〉라는 시를 살펴보자.

유모의 노래(《순수의 노래》)

아이들 소리가 초원에서 들리고,
웃음소리가 언덕에서 들릴 때,
내 가슴은 마음속 깊이 평온하고,
모든 것이 고요하다.

"얘들아 이제 집에 오려무나,
해가 지고, 밤이슬이 내린단다.
어서 어서 그만 놀고 오려무나,
저 하늘에 아침이 올 때까지
집에 가 있자."

"아니에요, 아니에요, 더 놀게 해주세요.

아직 날이 환하니, 자러 갈 수 없어요.

작은 새들은 하늘에서 날아다니고,

양들도 아직 언덕에 있잖아요."

"그래, 그럼 날이 저물 때까지

놀다가 집으로 오렴."

아이들은 뛰어다니고, 소리 지르고, 깔깔거렸다.

언덕에 울려 퍼지도록.

Nurse's Song from Songs of Innocence

When the voices of children are heard on the green

And laughing is heard on the hill,

My heart is at rest within my breast

And everything else is still.

"Then come home my children, the sun is gone down

And the dews of night arise;

Come, come, leave off play, and let us away

Till the morning appears in the skies."

"No, no, let us play, for it is yet day

And we cannot go to sleep;

Besides, in the sky, the little birds fly

And the hills are all cover'd with sheep."

"Well, well, go & play till the light fades away
And then go home to bed."
The little ones leaped & shouted & laugh'd
And all the hills ecchoed.

유모의 노래(《경험의 노래》)

아이들의 목소리가 초원에서 들리고,

속삭임이 계곡에서 들릴 때,

내 젊은 날들이 마음속에서 새롭게 떠올라,

내 얼굴이 파랗게 창백해진다.

얘들아, 이제 집으로 오려무나,

해가 지고 밤이슬이 내리고 있단다.

너희들의 봄과 낮이 놀이로,

너희들의 겨울과 밤이 가식으로 허비되고 있구나.

Nurse's Song from Songs of Experience

When the voices of children are heard on the green
And whisperings are in the dale,

The days of my youth rise fresh in my mind,
My face turns green and pale.

Then come home my children, the sun is gone down
And the dews of night arise;
Your spring & your day are wasted in play,
And your winter and night in disguise.

첫 번째 〈유모의 노래〉에서 아이들은 들판에서 즐겁게 뛰놀고 있다. 유모는 이제 곧 날이 저무니 그만 놀고 집으로 가자고 말한다. 하지만 아이들이 좀 더 놀게 해달라고 부탁하자, 유모는 그렇게 하라고 허락한다. 하지만 두 번째 〈유모의 노래〉는 분위기가 사뭇 다르다. 상호 간에 대화 없이 일방적으로 유모의 목소리만 들린다. 아이들은 아무 말도 하지 않는다. 초원과 계곡에서 속삭일 수 있을 뿐이다. 아이들에게 자유롭게 말하는 것이 허용되지 않음을 암시한다.

전자의 시에서는 작은 새들과 양들이 자유롭게 자연 속에서 살아가듯이 아이들도 자연 속에서 살게 한다. 반면 후자의 시에 등장하는, "봄"과 "낮"이라는 시어와 대비되는 "겨울"과 "밤"은 아이들이 이제는 성장하여 어른이 된 현실과 더 이상은 허용되지 않는 욕망을 암시한다고 볼 수 있다. 후자의 시어가 유모가 젊은 날에 겪었던 억압된 성적 욕망을 암시한다고 보는 비평가들도 있지만, 어른들이 불필요하게 아이들을 억압하는 것을 비판하는 내용이라는 평이 더 신뢰할 만하다. 아이들이 자유롭게 노는 것을 시간 낭비라고 보는 시선에서 학교가 끝나자마자 아이들을 학원으로 떠미는 우리 사회의 모습이 겹쳐진다.

블레이크는 자신의 시집에 환상적이고 매력적인 삽화를 그려 넣었는데, 다음 쪽의 그림은 각각의 표지에 삽입된 그림이다. 어느 쪽이《순수의 노래》표지 그림이고 어느 쪽이《경험의 노래》표지인지 독자들도 맞춰보면 재미있을 것 같다.

정답은 왼쪽이《순수의 노래》의 표지이고, 오른쪽이《경험의 노래》표지이다. 왼쪽 그림에서는 천사로 보이는 아이가 자유롭게 날고 있고, 목동도 자유롭게 피리를 불 수 있다. 그리고 두 사람은 서로 시선을 주고받는 중이다. 하지만 오른쪽 그림에서는 두 사람이 두 손을 꼭 잡고 있어서 서로를 구속하게 되어 각자가 하고 싶은 것을 못하고 있다. 천사는 날 수 없고 피리 부는 사람은 피리를 불지 못한다. 서로 손을 잡고 있어서 어디로 가지 못하게 하니 마음은 놓이겠지만, 시선을 주고받지 못해 진정한 마음의 교류는 불가능하다. 서로를 믿지 못해 서로를 억압하는 상태다. 〈유모의 노래〉에서 표현한 바대로, 블레이크에게 서로를 믿는 자유로운 상태는 '순수'이고, 서로의 마음을 구속하고 억압하는 상태는 세상 '경험'을 많이 한 상태다.

기상천외한 형상과 기법으로 자신만의 환상적인 작품 세계를 구

축한 블레이크는 당대보다 후세에 더 큰 평가를 받은 낭만주의 예술가다. 〈뉴욕타임스〉의 기사에 따르면, 21세기 창의력의 아이콘인 스티브 잡스가 아이폰을 세상에 처음 선보인 무렵에 윌리엄 블레이크에 푹 빠져 있었다고 한다. 영국의 패션 디자이너 알렉산더 맥퀸도 2022 S/S 시즌 컬렉션에 대한 영감을 윌리엄 블레이크로부터 받았다고 발표한 바 있다. 블레이크가 세월을 건너뛰어 지금까지도 전 세계의 수많은 예술가들과 이노베이터들에게 큰 영감을 선사할 수 있는 이유는 자신의 상상력의 힘을 강력히 믿었기 때문이었다. 천진한 눈으로 세상을 바라보고, 자신에게 찾아온 영감과 창조의 불씨를 기존의 틀로 재단하지 않았던 자유로움과 낭만성이 그를 불멸의 예술가로 남게 했으리라.

순수의 세계에서
경험의 세계로

●

우리는 흔히 다양한 세상사를 경험하고 어른이 되어가면서 어린 시절의 순수함을 차츰차츰 잃게 된다고 생각한다. 앞에서 보았듯이 블레이크도 기본적으로는 이와 비슷한 생각을 했던 것으로 보인다. 하지만 그렇다고 해서 그가 경험의 상태를 무조건 부정적으로만 본 것은 아니다. 어린 시절의 순수함이 창조성과 삶의 낭만성을 유지하는 데 긍정적인 영향을 미친다고는 하지만, 성장하지 않은 채로 언제까지나 어린 시절에만 머무를 수는 없다. 순수의 또 다른 얼굴은 미숙함이라는 사실을 우리는 잘 알고 있다. 블레이크의 또 다른 작품을 들여다보면 순수의 시절에서 경험의 시절로 넘어가는 과정에 대해 새로운 시선과 통찰을 얻을 수 있다.

성장하는 인간이라면 순수의 상태에 영원히 머물러 있을 수 없다. '경험'의 단계는 아이가 어른이 되기 위해, 즉 성숙해지기 위해 피할 수 없는 과정이다. 그리고 그 과정은 상처를 동반한다. 타인과의 관계에서 마음을 다치고, 세상 한가운데에서 나 자신이 무기력하게만 느껴졌던 기억 하나쯤을 어른이라면 대부분 갖고 있을 것이다. 하지만 "아픈 만큼 성숙해진다"라는 유행어처럼 어른이 되어가는 과정이 상처만 남기는 것은 아니다. 뼈아픈 경험들은 우리 안에 인내, 관용, 연륜 등의 이름을 가진 '세월의 지혜'를 새긴다.

그래서 무조건 '순수의 상태'는 긍정적인 것, '경험의 상태'는 부정적인 것이라고 단순화하면 블레이크의 작품 세계를 오독할 우려가 있다.《순수의 노래》에 실린 〈굴뚝 청소부〉라는 시를 읽으면 순수의 상태가 마냥 좋은 것만이 아님을 알 수 있다.

굴뚝 청소부

엄마가 돌아가셨을 때, 난 아주 어렸고,
아버지는 나를 팔았네,
내 혀가 아직 "굴뚝 청소하세요!"라고 외칠 수도 없을 때에.
그래서 나는 굴뚝을 청소하고 검댕을 뒤집어쓴 채 잠들지.

작은 톰 데이커는 양의 등처럼 곱슬곱슬한 머리를 삭발하자 울었지.

그래서 내가 말했다,

"톰, 울지 마! 괜찮아,

머리가 없으면 검댕이 네 하얀 머리에 묻지 않을 거야."

그러자 그 아이는 울음을 그쳤다.

그날 밤에 톰은 잠결에 놀라운 광경을 보았네.

딕, 조, 네드, 잭 등 수천 명의 굴뚝 청소부 아이들이

모두 검은색 관 속에 갇혀 있었다.

그러자 빛나는 열쇠를 지닌 천사가 나타나서,

그 관들을 열어 그 아이들을 풀어주었다.

아이들은 푸른 들판을 깔깔거리며 뛰어다녔고,

강에서 목욕을 하고, 햇살에 빛났다.

가방은 뒤에 놔둔 채 하얗게 벌거벗은 아이들은

구름 위로 올라 바람을 타고 놀았다.

그 천사는 톰에게 착한 아이가 되면,

하느님이 아버지가 될 것이고 항상 기쁠 것이라고 말했다.

그러자 톰은 잠에서 깨어 날이 밝기도 전에,

가방과 빗자루를 챙겨 일하러 나갔다.

아침은 추웠지만, 톰은 행복하고 따뜻했다.
사람이 자기 의무를 다하면,
어떤 어려움도 두려워할 필요가 없기에.

The Chimney Sweeper

When my mother died I was very young,
And my father sold me while yet my tongue
Could scarcely cry "'weep!' 'weep!' 'weep!' 'weep!'"
So your chimneys I sweep & in soot I sleep.

There's little Tom Dacre, who cried when his head
That curl'd like a lamb's back, was shav'd, so I said,
"Hush, Tom! never mind it, for when your head's bare,
You know that the soot cannot spoil your white hair."

And so he was quiet, & that very night,
As Tom was a-sleeping he had such a sight!
That thousands of sweepers, Dick, Joe, Ned, & Jack,
Were all of them lock'd up in coffins of black;

And by came an Angel who had a bright key,
And he open'd the coffins & set them all free;
Then down a green plain, leaping, laughing they run,
And wash in a river and shine in the Sun.

Then naked & white, all their bags left behind,
They rise upon clouds, and sport in the wind.
And the Angel told Tom, if he'd be a good boy,
He'd have God for his father & never want joy.

And so Tom awoke; and we rose in the dark
And got with our bags & our brushes to work.
Tho' the morning was cold, Tom was happy & warm;
So if all do their duty, they need not fear harm.

1910년 런던을 배경으로 한 월트 디즈니의 영화 〈메리 포핀스〉 (1964)에는 굴뚝 청소부가 춤을 추면서 "Chim Chim Cher-ee"라며 아름다운 노래를 부르는 장면이 나온다. 디즈니 영화에서는 해당 장면이 형형색색의 환상적인 느낌으로 표현되었지만, 실제 이 시대 굴뚝 청소부의 현실은 그리 낭만적이지 않았다. 굴뚝은 폭이 좁았기 때문에 몸이 작고 임금도 저렴한 어린아이들이 굴뚝 청소부로 선호되었다. 의무교육이라는 개념이 없던 시절이었기에 빈민가의 어린아이들은 학교를 가는 대신 생계를 위한 돈벌이에 내몰렸는데, 높은 굴뚝에서 청소를 하다가 다치거나 심지어 죽기도 했다. 영국 정부는 19세기 후반에 가서야 아이들이 굴뚝 청소하는 것을 법으로 금지했다.

블레이크의 시에서 어린 굴뚝 청소부가 외치는 "굴뚝 청소하세요!"라는 구절은 원문에서 "weep"으로 쓰여 있다. 아이가 너무 어려서 's' 발음을 못해 'sweep'이 아니라 'weep'으로 발음했음을 표현한 것이다. 'weep'에는 '운다'는 의미도 있다. 말도 제대로 못할 만큼 어린 나이에 굴뚝 청소를 해야 하는 아이가 울면서 외치는 모습을 블레이크는 중의적으로 묘사한 것이다. 머리에 검댕이 닿지 않게 삭발해야 하는 아이의 모습 역시 슬프다.

그런데 이 시에서 천사의 역할이 왠지 석연치 않다. 천사가 꿈에 나타나자 아이는 용기와 희망을 얻어 새벽부터 굴뚝 청소를 하러 나가니, 얼핏 보면 천사가 좋은 역할을 한 것도 같다. 하지만 착한 아이가 되면 하느님이 아버지가 되어 항상 기쁠 것이고, 일을 열심히 하면 두려워할 필요가 없다는 말이 과연 굴뚝 청소를 하는 어린아이에게 건넬 말일까? 이는 마치 열악한 환경에서 일하는 노동자의 처우를 개선해줄 마음은 없으면서, "조금만 참고 열심히 일하면 나중에 월급 올려줄게"라고 다독이는 탐욕스런 고용주를 연상케 한다.*

앞에서 읽은 시에서는 순수의 상태가 밝고 자유로운 느낌을 주었지만, 이 시에서는 어딘지 모르게 암울한 느낌을 준다. 이 시를 감상할 때 블레이크가 천사의 말을 아이러니로 사용했다는 점을 놓치면 안 된다. 교회를 상징하는 천사는 어린아이들에게 용기를 불어

---

* 이와 같은 블레이크 식의 풍자와 비난은 〈런던〉이라는 또 다른 시에서도 찾아볼 수 있다. 블레이크는 "굴뚝 청소부의 외침 소리가 교회를 오싹하게 했다"라는 표현으로 이런 상황을 방관하는 교회를 비난하기도 했다.

넣는 것처럼 보이지만, 실은 위험한 굴뚝 청소부 일을 계속하도록 독려하고 있으니 말이다. 한 편의 짧은 시이지만 이 작품은 당시 어린아이들이 헐값에 팔려서 힘든 굴뚝 청소를 해야 했고, 정부나 교회가 이를 방관했던 상황을 신랄하게 고발한다. 천사의 말에 힘을 얻어 새벽부터 굴뚝 청소를 하러 나서는 순진한 어린이들의 모습은 '순수'라는 것이 반드시 좋은 것만은 아님을 암시한다. 우리의 인생도 순수의 상태에 계속 머물 수는 없고, 불가피하지만 경험의 상태로 나아가야 하지 않는가.

5. 잃어버린 감수성을 찾아서

꼭 능동적인 자세로 탐구해야만
자연으로부터 무언가를 얻을 수 있는 것이 아니다.
오히려 그런 의도된 적극성을 버리고,
가만히 앉아 자연이 들려주는 소리에 주의를 기울일 때
우리는 자연의 실체를 제대로 느낄 수 있다.
이것이 바로 이 시 속에서 언급된
'현명한 수동성'의 요체다.

숫자의 굴레를 벗어나면
비로소 보이는 것들

●

　'호반 시인'으로 널리 알려진 윌리엄 워즈워스는 자신이 성장한 영국의 '레이크 디스트릭트Lake District'를 배경으로 많은 시를 썼다. 이곳은 호수가 많고 아름다운 자연 경치로 유명해서 2017년 유네스코 세계유산으로 지정되었다. 또한 '피터 래빗Peter Rabbit' 시리즈로 유명한 베아트릭스 포터Beatrix Potter의 생가가 있는 곳이기도 하다. 워즈워스는 이 지역에 사는 순박한 시골 사람들의 이야기를 시에 담았다. 〈우리는 일곱 명이에요〉는 일상에서 흔히 경험할 수 있는 한 아이와의 평범한 대화 내용을 담고 있지만 그 속에 숨겨진 깊은 의미가 있다.

우리는 일곱 명이에요

경쾌하게 숨을 내쉬고,
온몸에 활기가 넘치는,
순박한 아이가
죽음에 대해서 무엇을 알랴?

한 작은 시골 소녀를 만났다.
그 아이는 여덟 살이라고 말했다.
머리숱이 많고,
곱슬곱슬한 머리를 땋은 아이였다.

시골에서 자란 행동거지에
옷차림은 메부수수했다.
그 아이 눈은 맑았다. 아주 맑았다.
그 예쁘장한 모습은 나를 미소 짓게 했다.

"애야, 너는 형제자매가 몇 명이나 있니?"
"몇 명이냐고요? 모두 일곱이에요"라고 말하고,
그 아이는 의아해하며 나를 쳐다보았다.

"그럼 그 애들은 어디에 있는지 말해줄래?"
"우리는 일곱인데요,
두 명은 콘웨이에서 살고,
두 명은 선원이 되었어요"

"그리고 두 명은 교회 무덤에 누워 있어요,
우리 언니와 오빠가요.
그 교회 옆에 있는 시골집에서,
엄마와 함께 내가 살고 있어요"

"두 명은 콘웨이에서 살고,
또 두 명은 선원이 되었다고 말했잖니,
그런데 일곱 명이라니!
예쁜 소녀야,
어떻게 그럴 수 있는지 말해주겠니?"

그러자 그 작은 소녀는 대답했다.
"우리는 모두 일곱 명의 형제와 자매예요.
나머지 두 명은
저 교회 무덤 나무 아래에 누워 있죠"

"얘야, 네 팔다리는 살아 있어서
뛰어다닐 수 있잖아.
두 명이 무덤에 누워 있다면,
너희들은 다섯 명뿐이란다."

그 아이는 대답했다
"그 무덤들은 푸르고, 볼 수도 있어요,
집에서 열두 걸음만 가면 있고,
둘이 나란히 있어요"

"난 거기에서 양말도 짜고,
손수건에 수도 놓아요
거기에 앉아서 언니와 오빠한테
노래도 불러주고요"

"해가 진 후에도,
날이 맑고 환하면,
나는 내 작은 밥그릇을 들고 가서,
거기에서 저녁을 먹어요"

"먼저 제인 언니가 죽었어요.

침대에서 앓는 소리를 하다가,

하느님이 고통에서 벗어나게 해주셨어요.

그러고 나서 언니는 가버렸죠."

"그래서 언니는 교회 무덤에 누워 있어요.

잔디가 마른 날이면,

나랑 존 오빠는 무덤 주위에서

같이 놀았어요."

"땅이 눈으로 하얗게 덮였을 때,

나는 미끄럼 타며 뛰어다닐 수 있었지만,

오빠는 가야 했어요,

그리고 언니 옆에 누웠어요."

내가 말했다.

"두 명이 하늘나라에 있으면,

너희는 모두 몇 명이니?"

그 아이는 재빨리 대답했다.

"아이참, 아저씨! 우리는 일곱 명이라고요."

"하지만 그 애들은 죽었단다, 그 두 명은 죽었잖니!

그 애들의 영혼은 하늘나라에 있단다!"

아무리 말해도 소용이 없었다.

그 아이는 여전히 고집을 굽히지 않고,

"아니에요, 우리는 일곱 명이라고요!"라고 말했다.

어린아이와의 대화로 이루어진 시라서 술술 읽히고 얼핏 쉬워 보이지만, 각각의 구절을 찬찬히 읽어보면 많은 생각을 하게 된다. 영문과 수업 시간에 "이 시에서 시인은 무엇을 말하려는 것일까?"라고 학생들에게 질문을 던지면, 많은 학생이 아이의 순수함을 말하고 싶었던 것이라고 대답한다. 그러면 나는 순수하다는 것이 무슨 뜻인지를 다시 묻는데, 학생들은 이내 말문이 막힌다. 순수하다는 것은 이해타산이 없다는 뜻일까? 아니면 세상 물정을 모른다는 뜻일까? 다소 허를 찌르는 질문 같지만, 이 시에서 워즈워스가 말하고자 했던 바들은 이런 것들과 거리가 조금 멀다.

숫자에 얽매이는 이 시의 화자는 앞서 언급한 그래드그라인드 선생님을 떠오르게 한다. 화자는 자신과 대화를 나누는 아이를 아직 교육을 받지 않은, 가르쳐야 할 대상으로 간주하고, 아이에게 객관적인 사실을 주입하려고 한다. 다시 말해서, '7-2=5'라는 사실 말이다. 그리고 사람이 죽었다는 객관적인 사실을 아이가 인정하기를 강요한다. 하지만 아이는 끝까지 "아니에요, 우리는 일곱 명이라고요!"라며 자신의 생각을 굽히지 않는다. 아이는 마치 계몽주의에 저항하는 낭만주의 시인을 상징하는 듯하다.

언니와 오빠가 죽었으니 형제자매의 숫자에서 빼야 한다는 생각은 소녀의 개인적인 심정을 무시한 태도다. 객관적인 사실보다 중요한 것은 이 아이가 언니와 오빠의 죽음에 대해서 어떻게 느끼고 있는가이다. 아이의 언니 오빠는 세상을 떠났기에 이제는 전처럼 함께 뛰어다니며 놀 수 없다. 하지만 아이는 죽은 형제자매들이 누워 있는 무덤 옆에서 양말을 짜깁고 손수건에 수를 놓기도 하고 노래를 불러주기도 하고 밥을 먹기도 한다. 이 아이의 마음속에서 삶과 죽음의 경계는 별로 중요하지 않다.

아이의 형제자매는 비록 물리적으로 살아 있는 존재는 아니지만, 아이의 마음속에서 그들은 살아 있을 때와 다르지 않다. 단지 그 육신이 움직이지 못할 뿐, 그들은 아이 곁에서 계속 함께하는 중이다. 살아 움직이지 못하니 이제는 형제자매로 인정할 수 없다는 어른의 논리를 아이는 수용할 수 없다. 개인의 주관적인 감정은 무시하고 객관적인 사실만을 강요하는 화자에게 아이는 저항의 목소리를 드높인다.

우리가 이 시의 화자처럼 숫자를 맹신하는 것은 그것이 객관적이고 이성적인 잣대로 기능한다는 믿음 때문이다. 그 숫자가 결코 객관성과 절대성을 보장하지 못함에도 불구하고 우리는 꽤 자주 그 숫자의 노예가 된다. 그 숫자가 어떻게 만들어진 결과인지, 진실을 얼마나 제대로 반영하는지에 대해서는 별로 관심이 없다. 학생이라

레이크 디스트릭트의 풍경

면 시험 성적을, 직장인이라면 인사고과 평가 점수를 자신과 동일시하여 상처받고 힘들어하는 사람들이 얼마나 많은가.

지성의 전당이라는 대학도 예외는 아니다. 가령 대학을 평가할 때, SCI급 국제 저널에 실린 논문 편수가 결정적인 역할을 한다. 그래서 한국의 모든 대학들은 SCI급 논문 편수 늘리기에 혈안이 되어 있다. 1년 동안 쓴 논문 편수로 교수를 평가하다 보니, 오랜 세월에 걸쳐서 완성할 수 있는, 역사에 남을 만한 저서가 나오기가 쉽지 않다. 상황이 이렇다 보니 고액의 논문 게재료를 받고 장사를 하는 해외 저널까지 생겼다. 숫자에 대한 맹신이 초래한 부작용이다.

영문학의 경우, 이런 평가 기준으로 인해 웃지 못할 상황이 발생하기도 한다. 가령, 워즈워스에 관한 논문이 해외 저널에 실렸다고 치자. 그러면 그 논문을 쓴 교수의 평가 지수는 매우 높아진다. 하지만 외국 저널에 실렸으니, 한국에서는 그 논문을 얻기도 힘들고 읽는 사람도 거의 없다. 그렇다고 해서 영어가 모국어가 아닌 영문과 교수가 외국에서 대단한 학자로 인정받을 리도 없다. 영문과 교수가 해외 저널에 논문을 발표하는 것은 상당한 노력과 시간이 요구되는 일이다. 그 노력을 차라리 한국의 독자들을 위해 쏟는다면 훨씬 가치가 있겠지만, 현실은 그렇지 못하다. 결국 외국 저널에 실린 영문학 논문은 편수로만 남아 있을 뿐, 한국에서는 무의미한 존재가 되고 만다. 대학 평가를 위해 논문 숫자를 채워야 하는 상황은 '시시포스의 신화'만큼이나 부조리하다.

왜 우리는 인간의 편리함을 위해 만들어놓은 숫자의 노예가 되어 살아야 할까? 워즈워스의 〈우리는 일곱 명이에요〉는 숫자의 노예로 사는 삶 대신 우리가 추구해야 할 가치가 무엇인지 새삼 되돌아보게 한다. 비록 눈앞에 존재하지는 않지만 자신에게 가장 아름다운 추억을 남긴 형제자매를 잊지 않고 살아가는 아이처럼, 우리도 손에 잡히지 않고 눈에 보이지는 않지만 나를 나로서 살게 하는 무언가를 잊지 않으며 살아가야 하지 않을까?

"진짜로 중요한 것은 눈에 보이지 않는다."

《어린 왕자》의 여우가 했던 말처럼 말이다.

수동적인 삶도 충분히 아름답다

●

책을 좋아하다 보니 베스트셀러 목록도 종종 찾아보곤 하는데, 언젠가 베스트셀러 리스트를 보던 중 독특하다고 생각한 책이 하나 있다. 바로 수전 케인의 《콰이어트》다. 이 책의 부제는 '시끄러운 세상에서 조용히 세상을 움직이는 힘'인데, 말 그대로 외향성 중심의 세계관을 타파하고 내향적인 사람들의 힘을 조명한 자기계발서다. 이 책이 도드라져 보였던 이유는 그전까지의 자기계발서들은 하나같이 약속이라도 한 듯 '긍정주의', '적극성', '능동성', '외향성'을 강조했기 때문이다. 이처럼 통상 '능동적인 것'은 추구해야 하는 미덕, '수동적인 것'은 가급적 지양해야 하는 삶의 태도로 여겨진다. 하지만 워즈워스는 수전 케인처럼 이런 일반적인 통념과는 반대되는 메시지를 전한다. 워즈워스는 어째서 수동적인 삶의 자세를 그렇게 중요하게 여겼을까? 다음의 시에서 그 답을 찾을 수 있다.

충고와 대답

윌리엄, 너는 왜
그 오래된 회색빛 바위에
반나절 동안이나 홀로 앉아,
너의 시간을 백일몽으로 허비하고 있는가?

너의 책은 어디에 있는가?
그것이 없었더라면
버려진 눈먼 장님처럼 되었을 인간들에게
빛을 전해준 책 말이네!
일어나게! 일어나서 조상들이 후세에게
불어넣어준 그 정신을 마시게.

너는 이 자연의 대지를 둘러보고 있네,
마치 자연이 아무런 목적 없이 너를 잉태한 것처럼,
마치 너 이전에는 아무도 살지 않았고,
네가 처음으로 태어난 사람인 것처럼.

에스웨이트 호숫가에서,

삶이 즐거웠던 어느 날 아침,

다정한 친구 매슈가 왜 그렇게 말했는지 모르지만,

나는 이렇게 대답했다.

눈은 보지 않을 수 없고,

우리가 귀에게 듣지 말라고 말할 수 없네.

어디에 있든지,

우리의 몸은 우리의 의지와 상관없이 느낀다네.

오히려 나는 이렇게 생각하네,

우리 마음에 스스로 영향을 주는 힘들이 존재한다고,

현명한 수동성으로 우리의 이 마음을 양육할 수 있다고

끊임없이 말하고 있는 존재들의 거대한 무리 가운데에서

저절로 오는 것은 없고 우리가 항상 추구해야 한다고

자네는 생각하는가?

그러니 여기에 혼자 앉아서,

대화를 하고 있는 나에게,

이 오래된 회색빛 바위에 앉아서

백일몽을 꾸며 왜 시간을 허비하냐고 묻지 말아주게.

Expostulation and Reply

WHY, William, on that old grey stone,
Thus for the length of half a day,
Why, William, sit you thus alone,
And dream your time away?

Where are your books?—that light bequeathed
To Beings else forlorn and blind!
Up! Up! and drink the spirit breathed
From dead men to their kind.

You look round on your Mother Earth,
As if she for no purpose bore you;
As if you were her first-born birth,
And none had lived before you!

One morning thus, by Esthwaite lake,
When life was sweet, I knew not why,
To me my good friend Matthew spake,
And thus I made reply:

The eye—it cannot choose but see;
We cannot bid the ear be still;
Our bodies feel, where'er they be,

Against, or with our will.

Nor less I deem that there are Powers
Which of themselves our minds impress;
That we can feed this mind of ours
In a wise passiveness.

Think you, mid all this mighty sum
Of things for ever speaking,
That nothing of itself will come,
But we must still be seeking?

—Then ask not wherefore, here, alone,
Conversing as I may,
I sit upon this old grey stone,
And dream my time away.

시는 자연을 바라보는 두 가지 상반된 시각을 제시한다. 시적 화
자의 친구 매슈는 계몽주의적 시각으로 세상을 본다. 그는 인간이
해야 할 일은 과거로부터 내려온 지식을 쌓는 것이라고 주장한다.
사실만을 가르쳐야 한다고 외친 그래드그라인드 선생님이 자연스
레 떠오른다. 그에게 자연은 단지 탐구할 대상으로서만 가치가 있
을 뿐이다. 이에 반해, 시의 화자인 윌리엄은 사실보다는 사연으로
부터 더 많은 것을 배울 수 있다고 생각한다. 그에게 자연은 탐구의

대상이자 개체가 아닌 그 자체로서 살아 있는 주체적 존재다.

한가롭게 자연을 만끽하고 있는 윌리엄에게 매슈는 '책은 어디다 두고 자연 속에서 그렇게 한가롭게 앉아 있느냐'고 꾸짖는다. 이는 《백과전서》를 편찬한 프랑스 계몽주의자들을 연상시킨다. 후세인들이 무지함 속에서 고통받지 않도록 기존의 지식들을 전달하려 했던 백과전서파의 취지를 이 시는 그대로 보여준다. 매슈의 충고는 오늘날 우리의 통념과도 맞닿아 있다. 책을 읽어야 지식인이 된다는 생각 말이다. 워즈워스는 영국의 명문 케임브리지대학을 졸업했다. 그 역시 책을 많이 읽은 사람이었음을 떠올려보면 다소 아이러니하기도 하다. 하지만 워즈워스는 책 속의 지식도 중요하지만 자연에서도 더 많은 것을 얻을 수 있음을 말하고 싶었던 것 같다.

그에 따르면 인간의 모든 감각은 가만히 있어도 자연으로부터의 자극을 고스란히 느낄 수 있도록 만들어졌다. 즉, 꼭 능동적인 자세로 탐구해야만 자연으로부터 무언가를 얻을 수 있는 것이 아니다. 오히려 그런 의도된 적극성을 버리고, 가만히 앉아 자연이 들려주는 소리에 주의를 기울일 때 우리는 자연의 실체를 제대로 느낄 수 있다. 이것이 바로 이 시 속에서 언급된 '현명한 수동성'의 요체다. 그렇다면 워즈워스는 왜 수동성의 태도를 옹호했을까?

미국 사람들이 자주 쓰는 표현 중에 'good listener(경청하는 사람)'가 되라는 말이 있다. 대화를 잘하려면 상대방의 말에 귀를 기울여야 한다는 뜻이다. 내 말을 하는 것은 내가 중심이 되는 것이고, 경청하는 것은 상대방에게 발언의 우선권을 주는 것이다. 워즈워스는 인간이 자연에게 그런 태도를 갖기를 바랐다. 자연이 들려주는 소리에 귀를 기울이려면, 우리는 의도적으로 수동적인 자세를 가져야만 한다. 그럴 때 비로소 우리의 감수성은 활발하게 작동하여 자연의 생동을 느낄 수 있다.

이와 같은 맥락에서 워즈워스는 "자연이 당신의 선생님이 되게 하라"라고 말했다. 학교에서 선생님으로부터 배우는 것 못지않게, 자연으로부터 배우는 바도 중요하다는 의미다. 구름, 호수, 꽃, 새, 나무 등 자연의 모든 것들에 주의를 기울여 그것들이 주는 메시지를 마음속 깊이 느낀다면, 눈에 보이지 않고 증명될 수는 없지만 많은 혜택을 우리 인간이 얻을 수 있다고 그는 믿었다. 이런 관점에서 이 시는 앞에서 언급한 〈우리는 일곱 명이에요〉와 관련이 깊다. 〈우리는 일곱 명이에요〉에 등장한 어린 소녀는 시골에서 살아가면서 자연의 가르침을 받고 자란 덕분에 어른들의 이성적인 사고방식의 한계를 넘어선다. 객관적인 지식만 쌓은 사람은 그 소녀의 심정을 헤아릴 수 없을 것이다.

고상한 내용과 품격 있는 언어를 사용하는 신고전주의에 반대하며, 시골의 소박한 삶과 시골 사람들이 쓰는 단순한 언어를 사용해야 한다고 워즈워스가 주장했던 이유는 바로 그가 자연의 힘을 믿었기 때문이다. 그는 시골 사람들이 원초적이고 심세한 감수성으로 자연과 교감할 수 있다고 생각했다.

무언가를 해내고야 말겠다는 '의지'와 '집념', '투지'와 같은 능동성은 삶을 정력적으로 이끄는 원동력임에 분명하다. 그런 능동성이 없다면 우리의 삶을 무기력과 권태로 가득할 수도 있다. 하지만 현대사회는 성취를 향한 갈망, 부를 향한 욕망의 정도가 너무 심해 우리를 피로하게 한다. 넘쳐흐르는 말들과 복잡한 인간관계 속에서 우리가 본연의 인간성과 자연스러움을 회복할 방법은 워즈워스의 말처럼 '현명한 수동성'에 있다고 나는 믿는다.

잃어버린 감수성을 찾아서

●

한 정치인이 평소에 즐겨 읽는 시라면서 워즈워스의 시구를 방송에 나와서 낭송하던 걸 들은 적이 있다. 그가 낭송한 시는 우리에게는 '무지개'라는 제목으로 더 유명한, 워즈워스의 〈내 가슴은 뛰누나〉였다. 한두 번도 아니고 여러 번 매스컴을 통해서 얘기할 정도면 그는 정말 이 시를 좋아한 모양인데, 영문학자인 나로서는 아쉬운 부분이 있었다. 그가 이 시의 핵심적인 문구를 오역했기 때문이다. 우선 시의 전문을 살펴보자.

내 가슴은 뛰누나

하늘의 무지개를 보면 내 가슴은 뛰누나.
내 삶이 시작되었을 때에 그러했고,
어른이 된 지금도 그러하네.
내가 늙어서도 그러하기를,
그렇지 못하다면 차라리 죽는 편이 나으리!
아이는 어른의 아버지.
자연에 대한 경외감으로
하루하루가 이어지기를 나는 희망하노라.

My Heart Leaps Up

My heart leaps up when I behold
A rainbow in the sky:
So was it when my life began;
So is it now I am a man;
So be it when I shall grow old,
Or let me die!
The Child is father of the Man;
And I could wish my days to be
Bound each to each by natural piety.

이 시는 아주 짧지만 워즈워스의 자연관이 함축적으로 담겨 있다. 그 정치인은 원문의 "natural piety"를 "타고난 경건함"으로 번역했다. 정치인들이 문학을 자신의 이미지 홍보용으로 이용하는 경우가 종종 있는데, 시를 꼼꼼히 읽지 않으면 이렇게 오역의 실수를 저지르게 된다. 왜 오역인지에 대해서는 이런 질문을 해보면 답을 알 수 있다. 시인이 '차라리 죽는 편이 낫다'라고 말하는 이유가 뭘까? 그리고 시인은 왜 무지개를 보면 가슴이 뛴다고 할까?

어쩌다 하늘에 무지개가 뜨면 사람들이 놀라워하면서 가장 먼저 하는 행동은 핸드폰을 꺼내서 사진을 찍는 것이다. 그뿐일까? 길을 걷다가 만발한 꽃을 보아도 즉각 핸드폰을 꺼내서 배경화면으로 쓰기에 맞춤한 사진을 찍는다. 그 순간 존재 자체만으로 아름다운 무지개나 꽃은 멋진 사진을 위한 수단으로 전락하고 만다. 무지개나 꽃을 가만히 바라보는 그 순간을 온전히 누리는 사람은 오늘날 얼마나 될까?

그래도 이렇게 스마트폰 카메라를 들어 아름다운 자연의 모습을 사진으로라도 찍고자 한다면 그는 아직 감수성이 조금은 남아 있는 사람이다. 세파에 찌들어 감성이 무뎌진 어른들은 자연의 아름다운 장면을 봐도 쉽사리 감동하지 않는다. 어린이들은 다르다. 눈 오는 날이면 아이들은 신이 나 어쩔 줄을 몰라 한다. 추위는 잊은 채 눈싸움을 하고 눈사람을 만든다. 차가운 공기에 얼굴이 얼어붙어 붉어졌음에도 말이다. 되돌아보면 우리 어른들에게도 그런 시절이 있지 않았나. 지금은 눈이 내리면 치울 생각에 귀찮고 짜증만 일지만 말이다.

워즈워스는 이 시에서 자연을 가슴 깊이 느껴 감동하게 만드는 감수성을 "가슴이 뛴다"라고 은유적으로 표현했다. 어린 시절 가졌던 감수성이 나이가 들어서도 지속되기를 바라는 마음이 시 전체에서 물씬 느껴진다. 그래서 그는 "아이는 어른의 아버지"라고 칭하며 자연에 대한 감수성은 아이들이 어른보다 더 뛰어나다고 말한다.

이 시에서 "natural"이라는 단어는 핵심적인 역할을 한다. '타고난', '자연의', '자연에 대한', '자연스러운', '당연한' 등의 뜻을 담고 있는 이 단어는, 이 중 어느 것을 선택해 번역하느냐에 따라 해석의 옳고 그름이 갈린다. 이 문맥에서 시인은 자연을 찬양하고 있으니 '타고난'이 아니라 '자연에 대한'으로 해석해야 맞다. "piety"는 영한사전에는 '경건함'으로 되어 있지만, 영영사전을 보면 '신에 대한 존경심' 정도의 의미로 정의된다. 그것은 우리가 국립묘지에 가면 느끼는 경건함이라기보다는, 자연의 신비로움을 깊이 느껴서 자연의 가치를 진정으로 소중히 여기는 마음을 의미한다. "자연에 대한 경외감"을 못 느낀다면, 차라리 죽는 편이 낫다고 말할 만큼 시인은 이것을 중요하게 생각한다. 그에게 자연은 신처럼 신비로운 존재이기 때문이다.

요즘 영화들을 보면 과거와는 달리 시청각적으로 더욱 자극적인 효과를 사용해 관객들을 끌기 위해 경쟁한다. 영화뿐만 아니라 대학로의 연극들도 이제는 코미디나 공포물 등 자극적인 내용을 담은 작품들이 대부분이다. 고전적인 연극은 자극이 너무 약해서 아무런 감동을 주지 못하기 때문이다. 나는 이런 경향이 점점 무뎌지는 우리의 감수성과 관련이 있다고 생각한다. 과잉 자극의 시대, 즉각적이고 말초적인 자극이 넘치는 시대에 자연이 선사하는 장면으로부터 놀라움을 느끼기란 쉽지 않다.

이쯤에서 현대인들이 자연의 소중함을 깨닫지 못하고 있음을 비판한 20세기의 독일 철학가 아도르노의 이론에 귀 기울여봄직하다. 그는 미개인들은 자신을 자연에 종속시킨 반면, 계몽주의자들은 자연을 인간에 종속시켰다고 본다. 계몽주의 이전, 인류에게 자연은 신비와 공포의 대상이었다. 그러나 이성적이고 과학적인 사고를 표방했던 계몽주의는 자연을 신비나 공포의 대상으로 보지 않았다. 연구하고 분석하면 자연의 모든 것이 설명될 것이라고 믿었던 계몽주의자들에게 '미지의 것'은 용납될 수 없었다.

이성과 감수성은 서로 대립되는 인간의 능력이다. 이성에 치우치게 되면 외부 세계를 감각하는 지각력인 감수성은 약해지기 마련이다. 주체 중심적인 사람은 세상을 자기 중심적으로 보니 다른 존재의 처지에 공감하는 능력이 비교적 떨어진다. 결과적으로 자연을 제대로 느끼는 데에 필요한 감각들이 퇴화하여 감수성이 상실된다. 이것이 인간 중심적인 계몽주의가 자연을 객제로 보아 자기 보존의 도구로만 생각하게 된 과정의 요체다. 그 결과, 자연은 경외의

대상이 아닌 개발의 대상으로 전락하게 되었다고, 아도르노는 주장
한다.

6. 사랑은 언제나 아름다워

현재에 만족하며 살아가는 사람들도 있지만,
과거의 한 시절을 그리워하며 사는 사람들도 있다.
부질없는 눈물인 줄 알면서도,
돌이킬 수 없는 지난날들을 회고할 때
우리는 솟아나는 눈물을 억누를 수가 없다.
'지금, 여기'에서의 삶에 충실하면 회한과 후회가 남지 않아
과거를 돌아볼 때 덜 속상하다는 사람도 있겠으나,
지난 시절이 너무 찬란하고 아름다워도
먼 훗날 그 시절을 돌아볼 때 주체할 수 없는
그리움과 안타까움이 밀려들기도 한다.

이루어질 수 없는 사랑의 아픔

●

　조지 고든 바이런George Gordon Byron은 영국 낭만주의를 대표하는 시인 중 한 사람이다. 바이런은 자유롭고 정열적인 정조를 담은 시를 써서 당대에 큰 인기를 얻었다. 그의 인기는 영국을 넘어서 유럽에까지 퍼졌다. 베를리오즈, 베르디, 차이콥스키, 슈만, 리스트 등은 바이런의 작품에서 영감을 받아 작곡을 했다고 언급했을 정도다. 갑작스럽게 스타덤에 오른 이를 두고 언론 등에서 "어느 날 아침 깨어나 보니 유명해져 있었다"*라고 수식하곤 하는데, 이 말을 남긴 인물이 바로 바이런이다.

---

*　〈해럴드 공의 순례〉라는 장시로 일약 유명세를 얻은 후 그가 한 말이라고 한다.

그의 인기는 그가 쓴 작품의 자유분방한 매력 때문이기도 했지만, 그의 걸출한 외모도 한몫했다. 후대에 남겨진 그의 초상화를 보면 미남이었던 그의 모습을 알 수 있는데, 특히 무슬림(알바니아) 전통 복장을 입은 모습의 초상화는 그의 파격적이고 개방적인 성격을 여실히 보여준다. 영국 우월주의가 팽배하던 시대에 타 종교와 타 민족에 대한 그의 열린 마음이 느껴지는 그림이다.

영미 문화권에서는 성인군자와는 거리가 멀지만 인간적이고 의협심이 강하며 저돌적인 인물을 가리켜 '바이러닉 히어로Byronic hero'*라고 부른다. 이 말은 자존심이 강하면서 충동적이고, 열정적이면서 우울증이 있기도 하고, 반항적이고, 자신이 상류층임에도 상류층을 조롱하는 인물을 포괄하여 가리키는 뜻으로 널리 쓰인다. 도덕적으로 항상 선하거나 현명하다고는 볼 수 없지만, 보는 이로 하여금 호감을 품게 하는 이런 인물들은 최근 영화나 드라마에서 흔히 볼 수 있다.

바이런은 난관이나 역경에 굴복하지 않는 인물이었다. 한쪽 다리가 불편했지만 이를 극복하기 위해 여러 운동에 도전했다. 터키의 헬레스폰트Hellespont 해협(약 5킬로미터 정도)을 횡단할 정도로 수영을 잘했고, 권투 실력도 뛰어났다. 또한 동물을 좋아해서 동물원

---

* '바이런적 영웅'이라기보다는 '바이런적 주인공'이라고 번역하는 것이 더 옳겠지만, 그것도 조금 어색한 감이 있다.

바이런의 초상화

을 방불케 할 만큼 여러 종류의 동물을 집에서 키웠다고 한다. 자신의 조국도 아닌 그리스를 위해 목숨을 바친 행동에서도 그의 성격이 드러난다. 당시 터키의 지배하에서 그리스인들이 고통받는 모습을 목격한 바이런은 그리스 독립 전쟁을 지원하기 위해 전쟁에 필요한 물자와 인원을 배에 싣고 그리스로 출정했다. 불행히도 그는 열병으로 죽음을 맞이했지만, 오늘날에도 그리스 사람들로부터 영웅 대접을 받고 있다.

바이런의 뜨거운 열정은 그가 남긴 사랑 이야기에서도 발견된다. 바이런이 남긴 다음의 시를 함께 읽어보자. 이 시는 운율과 리듬이 아름다운 시라서 영어로 들으면 더 낭만적이다.*

_____ 에게 보내는 시

비록 내 운명의 날은 끝이 나고,
내 숙명의 별은 졌지만,
그대의 부드러운 가슴은
많은 사람들이 발견한 잘못들을
보려 하지 않았네.

---

* 유튜브에서 'which speaks to my spirit of thee'로 검색하면 영화 〈바이런〉에서 바이런 역할을 맡은 배우가 아름다운 음악과 함께 멋지게 시를 낭송하는 장면을 볼 수 있다.

그대의 영혼은 내 슬픔을 잘 알고 있었지만,

주저하지 않고 나와 함께 했지.

내 영혼이 마음속에 그린 사랑은

그대 외에는 찾을 수가 없다네.

내 주변의 자연이

내 미소에 응답하는 마지막 미소를 지을 때에도,

나는 그것이 매력적이라고 생각하지 않지.

왜냐하면 난 당신의 미소를 생각하기에.

바람이 바다와 전쟁할 때,

나는 그대의 마음을 믿었기에

거친 파도가 감정을 산란하게 한다면,

그것은 그 파도가 그대로부터 나를 멀리 데려가기 때문이지.

내 마지막 희망의 바위가 흔들리고,

그 조각들이 파도에 가라앉더라도,

내 영혼이 고통에 던져지더라도,

그 고통의 노예가 되지는 않으리.

수많은 시련이 나를 쫓아와 짓밟더라도,

멸시하지는 못하리라.

나를 고통스럽게 할시언정, 굴복시키지는 못하리라.

내가 생각하고 있는 것은 고통이 아니라 그대이기에.

사람이지만, 그대는 나를 속이지 않았고,

여자이지만, 그대는 나를 버리지 않았고,

사랑했지만, 그대는 나를 슬프게 하지 않았고,

신뢰를 받았지만, 나를 배반하지 않았고,

모략을 들었지만, 그대는 흔들리지 않았지.

떠나갔지만, 도망간 것은 아니었네.

경계했지만, 나를 불명예스럽게 하려는 것은 아니었지.

침묵을 지켰지만, 그것은 세상이 거짓을 꾸미지 못하도록 하기 위함

이었네.

하지만 나는 이 세상을,

한 사람과 다수 간의 전쟁을,

비난하거나 경멸하지 않는다.

내 영혼이 이 세상과 어울리지 못한다면

서둘러 피하지 않는 것은 어리석은 일이리라.

그 잘못은 내가 예상했던 것보다 더 많은 것을 잃게 했지만,

그대를 잃게 하지는 않았지.

잃어버린 과거의 잔해로부터

나는 많은 것을 회상할 수 있다네.

내 마음이 가장 소중히 여긴 것이

가장 가치가 있다는 것을 깨닫게 되었지.

사막에는 물이 솟는 샘물이 있고,

드넓은 광야에는 여전히 나무 한 그루가 있네.

홀로 노래하는 한 마리의 새가

그대에 대해 내 영혼에게 말하고 있네.

Stanzas to _____

Though the day of my destiny's over,
And the star of my fate hath declined,
Thy soft heart refused to discover
The faults which so many could find.
Though thy soul with my grief was acquainted,
It shrunk not to share it with me,
And the love which my spirit hath painted
It never hath found but in thee.

Then when nature around me is smiling,
The last smile which answers to mine,
I do not believe it beguiling,
Because it reminds me of thine;
And when winds are at war with the ocean,
As the breasts I believed in with me,

If their billows excite an emotion,
It is that they bear me from thee.

Though the rock of my last hope is shivered,
And its fragments are sunk in the wave,
Though I feel that my soul is delivered
To pain—it shall not be its slave.
There is many a pang to pursue me:
They may crush, but they shall not contemn;
They may torture, but shall not subdue me;
'Tis of thee that I think—not of them.

Though human, thou didst not deceive me,
Though woman, thou didst not forsake,
Though loved, thou forborest to grieve me,
Though slander'd, thou never couldst shake;
Though trusted, thou didst not disclaim me,
Though parted, it was not to fly,
Though watchful, it was not to defame me,
Nor, mute, that the world might belie.

Yet I blame not the world, nor despise it,
Nor the war of the many with one;
If my soul was not fitted to prize it,
It was folly not sooner to shun:
And if dearly that error hath cost me,
And more than I once could foresee,

I have found that, whatever it lost me,
It could not deprive me of thee.

From the wreck of the past, which hath perish'd,
Thus much I at least may recall,
It hath taught me that what I most cherish'd
Deserved to be dearest of all:
In the desert a fountain is springing,
In the wide waste there still is a tree,
And a bird in the solitude singing,
Which speaks to my spirit of thee.

이 시는 바이런이 그의 이복 누나였던 오거스터Augusta를 위해 쓴 것으로, 그의 애틋한 사랑이 느껴진다. 바이런은 시에서 수많은 여성을 만났지만 자신이 진정으로 사랑한 사람은 오거스터뿐이었다고 고백한다. 하지만 바이런은 근친상간이라는 비난을 받을 것을 염려하여 제목에 오거스터의 이름을 쓰지 않았다. 제목에서부터 드러내놓고 사랑할 수 없는 비극적 상황이 담긴 시다. 그녀와의 이루어질 수 없는 사랑은 그가 영국을 떠나 다시는 돌아오지 않는 자발적 유배를 감행한 이유 중 하나였다(이 시에는 그가 영국을 떠나는 내용이 담겨 있다).

이 시의 첫 번째 연에서 바이런은 단점이 많은 자신이지만 오거스터는 그 단점들을 문제 삼지 않았고 자신의 슬픔을 함께 했다고 말한다. 두 번째 연에서는 그녀의 미소만 있으면 그녀와 헤어지는 것 말고는 어떤 어려움도 극복할 수 있다고, 세 번째 연에서는 그녀만 있으면 아무리 큰 고통이라도 상관하지 않는다고 말한다. 네 번째 연에서는 그가 만난 다른 여자들과는 달리 오거스터는 자신을 끝까지 믿고 신뢰했음을 표현한다. 바이런은 여러 가지 이유로 당대 영국 사회에서 평판이 좋지 않았다. 그래서 이탈리아로 떠났는데 이후 오거스터와는 계속 편지를 주고받았다. 마지막 연에서 고백하듯, 바이런에게 오거스터는 세상에서 가장 소중한, 사막의 오아시스처럼 자신의 마음에 계속 남아 있는 사람이었다.

'이루어질 수 없는 사랑' 하면 영문학사에서 빼놓을 수 없는 또 하나의 유명한 이야기가 있다. 존 스튜어트 밀의 일화다. 그는 한 살 연하였던 해리엇 테일러Harriet Taylor라는 여성과 사랑에 빠졌다. 그런데 스물여섯 살이던 그녀에겐 이미 아이가 셋이나 있었다. 문학과 예술에 대한 많은 이야기를 나누며 둘은 서로를 깊이 사랑했지만, 육체적인 관계 없이 친구로 지낼 수밖에 없었다. 이후 21년이 지나도록 친구 관계를 유지하다가, 해리엇의 남편이 병으로 죽고 2년이 지났을 때 두 사람은 마침내 결혼한다. 안타깝게도 그들의 행복한 결혼 생활은 7년 만에 그녀의 죽음으로 인해 끝나고 만다. 해리엇에 대한 밀의 깊은 사랑은 그녀가 죽은 후에도 멈추지 않았다. 밀은 그녀의 묘지가 보이는 집을 사서 그녀가 숨을 거둘 때까지 함께 살았던 아비뇽의 한 호텔 방의 가구를 구입해 그곳에 옮겨 놓았다. 그리고 생을 마감할 때까지, 1년 중 절반은 해리엇의 묘지가 보이는 아비뇽 집에서 머물렀다.

쉽게 만나고 헤어지며 사랑의 유효기간이 짧아진 요즘, 대륙을 뛰어넘고 세간의 평가에 아랑곳하지 않는 이런 사랑을 할 수 있는 사람이 얼마나 될까? 로미오와 줄리엣처럼 서로 절실하게 사랑했지만 여러 이유로 현실에서 끝내 이루어지지 못한 사랑 이야기는 예나 지금이나 우리의 마음을 애잔하게 한다.

사랑하는 데 이유가 필요하다면
그것은 사랑이 아니리

●

　시인 엘리자베스 브라우닝Elizabeth Browning은 빅토리아 시대의 시
인이자 극작가였던 로버트 브라우닝Robert Browning의 아내로, 두 사
람의 사랑 이야기는 영문학계에서 모르는 이가 없을 만큼 유명하
다. 열다섯 살에 첫 시집을 출간한 엘리자베스는 당대에 대중들의
사랑을 많이 받았다. 그녀의 시를 읽고 반하여 "온 마음으로 당신
의 시를 사랑하듯이, 당신을 사랑합니다"라고 로버트가 쓴 팬레터
가 그들 사랑의 시작이었다. 하지만 엘리자베스는 자신이 로버트보
다 여섯 살 연상인 데다 어려서 말에서 떨어진 이후로 여러 가지 병
마에 시달렸기 때문에 로버트의 사랑을 받을 자격이 없다고 생각
했다.

하지만 로버트의 끈질긴 구애를 받아들여 둘은 결국 서로 사랑하는 사이가 된다. 여기까지만 들어도 낭만적인 사랑인데, 그 이후의 서사는 더욱 절절하다. 억압적이었던 그녀의 아버지가 두 사람의 결혼을 반대했던 것이다. 장애물은 사랑을 더 불타오르게 하는 법. 두 사람은 이탈리아로 야반도주를 하고, 엘리자베스의 나이 마흔 살에 마침내 결혼한다. 그녀의 아버지는 그들의 결혼을 끝까지 받아들이지 않았지만, 그녀는 건강까지 회복해 아이도 낳을 수 있었다. 엘리자베스는 자신을 헌신적으로 사랑했던 로버트에 대한 친애의 마음을 담은 시를 여러 편 남겼다. 그녀가 남긴 사랑의 시들을 한번 만나보자.

내가 당신을 어떻게 사랑하느냐고요?

내가 당신을 어떻게 사랑하느냐고요?
내가 그 방법을 한번 세어볼게요
눈에 보이지 않는 존재의 끝이나 최고의 은총을 느끼려고
내 영혼이 도달할 수 있는 깊이와 넓이와 높이만큼,
당신을 사랑합니다.
태양이나 촛불처럼
매일의 생활에서 가장 필요한 것만큼,
당신을 사랑합니다.

사람이 정의를 추구하려는 것처럼,

나는 당신을 자유롭게 사랑합니다.

칭송을 귀담아듣지 않으려는 사람처럼,

나는 당신을 순수하게 사랑합니다.

내가 과거에 겪었던 슬픔에서 느낀 격정과

내가 어렸을 때 가졌던 믿음으로,

당신을 사랑합니다.

성인들에 대해 내가 잃어버렸다고 생각했던,

그런 사랑으로 당신을 사랑합니다.

내 모든 인생의 숨결과 미소와 눈물로 당신을 사랑합니다.

신이 나를 데려간다면,

나는 죽어서도 변함없이 당신을 사랑할 거예요.

43

How do I love thee? Let me count the ways.

I love thee to the depth and breadth and height

My soul can reach, when feeling out of sight

For the ends of being and ideal grace.

I love thee to the level of everyday's

Most quiet need, by sun and candle-light.

I love thee freely, as men strive for right;

I love thee purely, as they turn from praise.

I love thee with the passion put to use

In my old griefs, and with my childhood's faith.
I love thee with a love I seemed to lose
With my lost saints. I love thee with the breath,
Smiles, tears, of all my life! and, if God choose,
I shall but love thee better after death.

그대가 내게 사랑의 맹세를 했을 때

그대가 내게 사랑의 맹세를 했을 때

처음으로 태양이 떠올랐고,

오래 지속되기에는 너무 성급해 보였던

그 맹세를 추스르려고 나는 달이 뜨기를 기다렸어요.

금세 달아오른 사랑은 금세 식는 법이라고 생각했기에.

당신 같은 사람의 사랑은 내게 과분하다는 것을 알기에.

나는 성악가의 노래를 망칠 수 있는 조율 안 된 낡은 현악기이기에,

첫 음부터 맞지 않아 내팽개쳐질 현악기이기에.

하지만 내가 나 자신은 잘 알고 있었지만,

그대에 대해서는 잘못 알고 있었어요.

손상된 악기라도 거장의 손을 거치면 완벽한 소리를 낼 수 있다는
것을.

그 손으로 연주하면 애호가들도 그 소리에 빠지고 만다는 것을.

32

The first time that the sun rose on thine oath
To love me, I looked forward to the moon
To slacken all those bonds which seemed too soon
And quickly tied to make a lasting troth.
Quick-loving hearts, I thought, may quickly loathe;
And, looking on myself, I seemed not one
For such man's love!—more like an out-of-tune
Worn viol, a good singer would be wroth
To spoil his song with, and which, snatched in haste,
Is laid down at the first ill-sounding note.
I did not wrong myself so, but I placed
A wrong on thee. For perfect strains may float
'Neath master-hands, from instruments defaced,—
And great souls, at one stroke, may do and doat.

나를 사랑하려거든

나를 사랑하려거든, 그 사랑 자체로만 사랑해주세요.
"미소 때문에, 외모 때문에, 부드러운 말투 때문에,
나와 생각이 잘 통하고, 만나면 즐겁기 때문에
그대를 사랑해요"라고 말하지 마세요.
하지만 그대여,
이런 것들은 변할 수 있어요.

그렇게 만들어진 사랑은 또 그렇게 시들어버릴 거예요.

내 뺨의 눈물을 닦아주는 그대의 동정심으로 나를 사랑하지 마세요.

그대의 위로를 오래 받아서 우는 법을 잊어버리게 되어,

당신의 사랑도 잃어버리게 될 테니까요!

사랑한다는 이유로 나를 사랑해주세요.

사랑의 영원성으로 인해서,

그대가 나를 영원히 사랑하도록.

14

If thou must love me, let it be for naught
Except for love's sake only. Do not say,
"I love her for her smile—her look—her way
Of speaking gently,—for a trick of thought
That falls in well with mine, and certes brought
A sense of pleasant ease on such a day"—
For these things in themselves, Belovèd, may
Be changed, or change for thee,—and love, so wrought,
May be unwrought so. Neither love me for
Thine own dear pity's wiping my cheeks dry,—
A creature might forget to weep, who bore
Thy comfort long, and lose thy love thereby!
But love me for love's sake, that evermore
Thou mayst love on, through love's eternity.

형식과 내용 모두에서 흠잡을 데 없을 만큼 아름다운 시를 썼지만, 엘리자베스는 로버트에 대한 사랑을 담은 개인적인 시라는 이유로 이 시들을 세상에 공개하기를 꺼려했다. 이에 로버트는《포르투갈인이 보낸 소네트》라는 제목으로, 마치 포르투갈어로 쓰인 시를 번역한 것처럼 위장해 출판을 해보자는 제안을 했고, 이를 엘리자베스가 받아들여 그녀의 시는 세상 밖으로 나오게 되었다.

이 시들은 소네트sonnet 형식으로 쓰였다. 소네트는 14행으로 이루어진 서양의 시가 형태로 '약강5보격'의 운율로 구성된다. 쉽게 말해, 시 한 줄이 '약강'으로 된 운율 다섯 개로 이루어진다는 뜻이다. 참고로 셰익스피어 희곡작품 속 대사의 많은 부분이 약강5보격으로 쓰였다.*

이제 시의 내용을 살펴보자.

사실 연애 시는 내용을 분석하기보다는 시 자체를 즐기는 것이 더 바람직하다. 〈내가 당신을 어떻게 사랑하느냐고요?〉는 그녀의 소네트 중에서 가장 많은 사람들에게 알려진 작품이다. 그녀는 로버트를 심오하게, 자발적인 의지로, 사심 없이 순수한 마음으로 사

---

* 《햄릿》 속 "사느냐 죽느냐 그것이 문제로다"("To be, or not to be, that is the question")는 약강5보격으로 쓰인 대표적인 대사다. 밑줄 친 부분은 강세를 표시한 것인데, 'that'에 강세를 넣기도 한다. 항상 정확하게 들어맞는 것은 아니지만, 셰익스피어 희곡작품 속 대사의 많은 부분이 이렇게 이루어져 있기 때문에 배우들은 그 리듬을 잘 살려서 대사를 읽어야 한다. 물론 우리말로 번역하면 원문의 그 리듬은 사라지게 된다.

랑한다고 말한다. 그리고 그녀가 겪었던 슬픔에서 비롯된 격정으로, 천진난만한 어린아이의 믿음으로, 종교처럼 신성한 마음으로 그를 사랑한다고 고백한다.

또한 그녀는 자신이 로버트를 사랑하는 방법을 한번 세어보겠다고 말하는데, 이는 그 수를 세어 헤아려야 할 정도로 사랑하는 방법이 많음을 암시한다. 이런 고백을 들었던 로버트의 마음은 얼마나 기뻤을까? 그것도 일상에서의 대화가 아니라 시인인 자신에게 시로써 그녀의 마음을 담아 표현했으니 이것만큼 낭만적인 사랑의 고백도 없으리라.

〈그대가 내게 사랑의 맹세를 했을 때〉는 앞서 말했듯이 로버트의 사랑을 받아들이기엔 자신이 보잘것없음을 표현한 시다. 이 시에서 엘리자베스는 로버트의 사랑이 오래가지 못할 것이라 짐작했던 자신의 추측이 틀렸음을 인정한다. 자신을 낡은 악기에 비유하고, 훌륭한 연주가는 그런 악기로 멋진 음악을 만들어낼 수 있다는 표현을 통해 로버트로 인해 그녀의 인생이 행복해졌음을 알 수 있다.

〈나를 사랑하려거든〉은 사랑하는 이유를 말한다는 것이 얼마나 어리석은 일인지에 대해 일깨운다.

우리는 흔히 누군가가 사랑에 빠졌다고 하면 상대방을 왜 사랑하느냐는 질문을 던지곤 한다. 하지만 구체적인 이유가 필요하다면 그 사람을 진정으로 사랑하는 것이 아니라고 엘리자베스 브라우닝은 말한다. 이것이야말로 왜 사랑하느냐는 질문에 대한 현명한 대답이 아닐까. 잘 생겨서, 성격이 좋아서 등의 이유가 아니라, 그냥 사랑하니까 사랑한다고 말해야 한다는 그녀의 생각이 참신하다. 누군가를 사랑하는 데 특별한 이유가 필요하다면, 그것을 진정 사랑이라고 말할 수 없으리라.

'사랑'과 '돈' 사이에서의
이유 있는 갈등

●

　대입 수시 전형 응시생들을 면접할 때의 일이다. 학생들에게 영
문학 작품을 읽은 것이 있냐고 질문하니, 하나같이 제인 오스틴의
《오만과 편견》을 꼽았다. 번역본일지언정 길이가 상당한 장편소설
을 읽었다니 기특하다는 생각이 들었는데, 후일 알고 보니 수행평
가 도서 목록에 있었나 보다. 학생들은 다아시Darcy처럼 오만하지
말고, 엘리자베스처럼 편견을 갖지 말아야 한다는 교훈을 얻었다며
자신들의 소감을 짜인 각본처럼 대답했다. 아마 제목에 초점을 두
고 말한 것 같은데, 문학작품에는 대체로 표면적인 의미 외에 다양
한 의미가 담겨 있다. 그게 바로 문학을 공부하는 묘미가 아닌가 싶
다. 원작 읽기가 부담된다면, 남자인 내가 봐도 잘생긴 매튜 맥퍼딘

와 그보다 더 유명한 키이라 나이틀리가 주연한 동명의 영화를 추천한다. 원작에도 충실하고 재미도 있다.

《오만과 편견》의 원래 제목은 '첫인상'이었다고 한다. 첫인상으로 사람을 함부로 판단하지 말아야 한다는 것도 이 책의 중요한 주제이기는 하다. 하지만 이 작품에서 중요하게 다루어지는 또 다른 주제는 바로 동서고금을 막론한 테마인 '사랑'과 '돈' 사이에서의 갈등이다. 소설의 첫 장면에서 미혼인 빙리Bingley가 근처로 이사를 오자 베넷Bennett 가의 딸들은 그의 연봉이 5천 파운드쯤 된다면서 흥분한다. 영화에서는 "연봉이 5천이면 얼굴에 사마귀가 있다고 한들 무슨 상관이냐"는 대사가 나오는데, 우리 식으로 말하면 "강남에 아파트만 있으면 모든 게 용서된다" 정도 될 것이다.

《오만과 편견》에 등장하는 여러 인물 중 주인공 엘리자베스의 친구인 샬롯은 '낭만'으로부터 소외될 수밖에 없었던 사람들을 표현하기 위해 제인 오스틴이 만들어낸 인물이다. 그녀가 엘리자베스에게 "나는 그렇게 낭만을 찾을 여유가 없어"라고 말하는 장면의 맥락을 곱씹다보면, 우선 당대 여성들의 재산권에 대해 생각하게 된다. 믿기지 않겠지만, 19세기 영국에서는 모든 재산이 남자에게만 상속이 되어 아무리 재산이 많은 여자라 하더라도 일단 결혼을 하면 모든 재산은 남자에게 돌아갔다. 여자에게는 경제력이 없었다는 말이다. 이는 즉, 베넷 가에는 아들이 없었기 때문에 베넷 씨가 죽으면 그의 모든 재산은 사촌 콜린스Collins에게 돌아가게 되고, 베넷 가 식구들은 모두 거리로 나앉게 될 터라는 이야기다.

《오만과 편견》을 텍스트로 수업할 때 학생들에게 엘리자베스가 콜린스의 청혼을 거절한 것과 샬롯이 콜린스의 청혼을 수락한 것에 대해 어떻게 생각하느냐고 물은 적이 있다.* 놀랍게도, 학생들은 대체로 이해할 만하다는 반응이었다. 어떻게 보면 엘리자베스는 '사랑'을, 샬롯은 '돈'을 선택한 것처럼 보인다. 하지만 알고 보면 콜린스가 그렇게까지 부자인 것은 아니다. 샬롯이 콜린스를 선택한 진짜 이유는 그가 부자여서가 아니라 부모로부터 독립하여 자신만의 가정을 꾸리고 싶어서였다. 콜린스는 모든 여성이 싫어할 만한 남자였지만, 경제적인 독립을 위해 샬롯은 그를 선택해야만 했다. 그러니 그런 그녀에게 낭만은 사치에 불과했다. 낭만주의 시대였지만, 모든 사람이 '낭만'을 누릴 수 있었던 건 아니었다.

《오만과 편견》은 18세기 후반~19세기 초 영국 사회가 직면한 사회문제에 대해 언급하지 않고 있다는 이유로 한때 그저 여성의 결혼을 주제로 한 풍속소설 정도로만 여겨지는 등 문학사적 가치를 인정받지 못하기도 했다. 하지만 당시 직업을 갖는 것이 허용되지 않아 경제적 독립을 할 수 없었던 여성들에게 결혼 문제는 자신(과 그 가족들)의 삶이 달린 매우 절실한 문제였다. 우리는 《오만과 편

---

* 콜린스는 엘리자베스에게 청혼했다가 거절당하자 샬롯에게 청혼해 승낙을 받는다. 이 두 번의 청혼은 불과 3일 만에 벌어진 일이었다.

견》에 등장하는 여러 젊은 남녀의 사랑 이야기를 읽으면서 당대 여성들이 처한 처지, 즉 결혼 이외에는 자립할 방도가 없었던 여성들의 상황을 어깨너머로 알게 된다. 여성은 순종적이어야 한다는 고정관념을 깨고 자신의 목소리를 낼 줄 아는 엘리자베스를 주요 인물로 내세워 '사랑'과 '돈' 사이에서 이유 있는 방황과 고민을 해야 했던 여성들의 삶을 그려냈다는 점에서《오만과 편견》은 매우 선구자적인 면모가 있는 작품임에 틀림없다.

초원의 빛이여, 꽃의 영광이여!

●

많은 사람들의 심금을 울렸던 〈초원의 빛〉이라는 오래된 미국 영화가 있다. 〈초원의 빛〉은 1920년대를 살아가는 젊은 남녀의 애틋한 사랑을 다룬 영화로, 실화를 바탕으로 만들었으며, 제목은 워즈워스의 시 〈불멸의 암시에 보내는 시〉의 한 구절에서 차용했다. 영화의 배경이 되는 캔자스는 당시 미국에서도 보수적인 지역이었다.

이 영화는 얼핏 워즈워스의 시 구절을 인용한다는 점 외에는 낭만주의와 그다지 상관없어 보이지만, 서사를 자세히 살펴보면 깊은 연관이 있다. 주인공 버드의 꿈은 사랑하는 디니와 결혼하여 시골에서 가축을 키우며 사는 것이다. 하지만 계몽주의적인 그의 아버지는 다르다. 아들이 예일대에 진학해 지식을 쌓아야 한다고 믿는 아버지는 버드를 강제로 입학시킨다. 버드의 아버지는 목가적인 삶의 가치를 전혀 알지 못한다. 그는 아들이 대학 졸업 후 자신의 사업을 물려받기를 원한다. 하지만 아버지의 바람과 달리 대학생활에 적응하지 못한 버드는 학교를 그만두고, 자연으로 돌아와 농장에서 자신의 재능을 펼친다.

버드가 사랑하는 디니 또한 버드처럼 매우 감성적인 소녀다. 버드가 다른 여자를 만났다는 소식을 들은 디니는 충격을 받고 정신병원에서 치료를 받게 된다. 이후 버드는 우연히 만난 여자와 결혼을 해 원하던 대로 농사를 지으며 살게 되고, 디니는 의사와 약혼한다. 각자의 삶을 살아가며 영화는 해피엔딩처럼 막을 내리지만, 어른의 욕심으로 인해 젊은이들이 의도하지 않았던 사람과 결혼하는 것으로 끝맺는 결말이 과연 해피엔딩일까 싶다.

영화 속에서 워즈워스의 시 구절은 두 번 낭송된다. 첫 번째는 영어 수업 장면에서인데, 〈어린 시절의 기억에서 불멸의 흔적을 찾아서〉라는 시다. 제목에서부터 과거에 대한 향수가 느껴진다.

어린 시절의 기억에서 불멸의 흔적을 찾아서

(상략)

초원과 숲과 시냇물, 그리고 대지와 모든 일상의 모습이

내게는

천상의 빛을 입어

꿈의 영광과 신선함으로 보였던 시절이 있었지.

이제는 예전과는 달라졌네.

낮이나 밤이나

어디를 가든지

전에 보았던 것들을 난 이제는 더 이상 볼 수가 없네.

(중략)

한때는 그렇게 눈부시게 빛나던 빛이

이제는

내 시야에서 영원히 사라진들 어떠하리,

비록 초원의 빛과 꽃의 영광의 시절을

되돌릴 수 없다 하더라도,

우리는 슬퍼하지 않으리라,

오히려 남은 것에서 용기를 얻으리니.

지금까지 있어왔고 앞으로 있을 근원적 공감에서,

인간의 고통에서 생기는 치유의 생각들에서,

죽음을 관조하는 신앙에서,

철학적인 마음을 가져오는 시절에서.

(하략)[*]

Ode: Intimations of Immortality from Recollections of Early Childhood

(…)

There was a time when meadow, grove, and stream,
The earth, and every common sight,
To me did seem
Apparelled in celestial light,
The glory and the freshness of a dream.
It is not now as it hath been of yore;—
Turn wheresoe'er I may,
By night or day,
The things which I have seen I now can see no more.

(…)

What though the radiance which was once so bright
Be now for ever taken from my sight,
Though nothing can bring back the hour
Of splendour in the grass, of glory in the flower;
We will grieve not, rather find

Strength in what remains behind;
In the primal sympathy
Which having been must ever be;
In the soothing thoughts that spring
Out of human suffering;
In the faith that looks through death,
In years that bring the philosophic mind.

(⋯)

영화에서는 이 시구를 젊은 날의 사랑과 연관 짓는데, 사실 워즈워스의 의도와는 조금 다르다. 사랑할 때는 온 세상이 아름답게 보였지만, 사랑을 잃어 절망에 빠진 디니는 자신에게 남은 것에서 희망을 찾으려 한다. 첫사랑을 온전히 대신할 수 있는 것은 없을 테지만, 어쩔 수 없이 남아 있는 것들 중에서 위안을 찾으려 했던 것이다.

이에 반해, 시에서 워즈워스가 잃어버렸다고 말하는 것은 '자연의 빛'이다. 그는 자연에서 영화로움을 느끼게 해주는 빛이 사라졌음을 한탄하다가, 그 빛을 대신해줄 능력을 찾아서 위안을 얻으려고 한다. 잃어버린 대상이 무엇이냐를 두고는 차이가 있지만(사랑이냐, 자연이냐), 양쪽 모두 상실로 인한 낙담에서 벗어나려고 새로운 위안을 찾는다는 점에서는 동일하다.

영화는 버드와 디니의 이루어지지 않은 첫사랑의 서사로 인해 슬프지만, 워즈워스의 시는 슬프다기보다 좀 더 철학적이다. 시인이 슬퍼하는 이유는 예전에는 초원, 숲, 시냇물과 같은 자연에서 느낄 수 있었던 빛glory이 사라졌기 때문이다. 무지개를 보면 가슴을 뛰게 했던 그 영광을 이제는 못 느끼게 된 것이다. 어린아이는 끊임없이 어른의 역할을 모방하며 성장함에 따라 세속적인 무게와 관습에 눌리어 피할 수 없는 굴레를 걸머지기 마련인데, 그 과정에서 그 빛을 보는 능력을 상실하게 된다고 워즈워스는 한탄한다. 하지만 시의 끝부분에서 시인은 더 이상 슬퍼하지 않겠다고 다짐하면서 그 이유에 대해 설명한다. 이에 대해서는 비평가들 사이에 의견이 분분하니 개략적인 의미만 살펴보자.

먼저 원문의 'sympathy'는 '동정심'보다는 '공감'으로 해석하는 것이 옳다. 워즈워스는 자연의 생명체들—꽃이나 새, 그리고 사람까지 포함한 자연의 모든 존재들—과 공감하고 교류하는 것을 강조했던 시인이었다. 자연뿐만 아니라 타인에 대한 공감 능력도 워즈워스가 중요시했던 까닭은 인간의 고통에 깊이 공감할수록 아이러니하게도 서로 치유된다는 사실을 알았기 때문이었다. 그런 의미에서 죽음도 부정적으로만 보지 않았다. 죽음은 인간이 겪을 수 있는 가장 큰 고통임에 틀림없지만, 불가피한 과정이라는 사실을 받아들인다면 우리는 역설적으로 삶의 의미에 대해서 더 깊게 돌아볼 수 있게 된다.

나이가 들어감에 따라 사랑도 열정도 젊은 시절보다는 그 강렬함의 강도는 떨어지겠지만, 남아 있는 감수성으로부터 위안을 얻어 슬퍼하지 않으며 살아가기를 시인은 염원한다. 한낮의 작열하는 햇살보다 은은하게 물든 석양으로부터 평온함과 위안을 느낄 수 있듯이, 워즈워스는 인생의 성숙기에 가까워짐에 따라 얻게 되는 세련된 심미안이 무엇인지를 우리에게 알려준다. 영화의 마지막 장면에서 디니의 친구가 아직도 버드를 사랑하느냐고 질문하자, 디니는 대답 대신에 이 시 구절을 두 번째로 낭송한다. 아마도 이제 성숙해진 디니는 그런 평온한 마음으로 낭송하는 것이 아닐까. 그의 시를 읽노라면, 세월이 앗아가는 것이 있는 한편, 새롭게 선사하는 선물이 있음을 깨닫고 남은 생에 감사한 마음을 갖게 된다.

다시 돌아갈 수 없는 시절들

●

알프레드 테니슨Alfred Tennyson은 문학사적으로는 빅토리아 시대에 속하는 시인이지만, 낭만주의의 영향을 많이 받은 서정적인 시인이다. 그는 워즈워스에 이어서 빅토리아 시대의 계관시인poet laureate(영국 왕실이 영국의 가장 명예로운 시인에게 내리는 칭호)이 되었다. 그 시대에 그는 이미 독보적인 시인의 지위에 올라 오늘날의 연예인 수준으로 인기가 많았다. 항상 기자들의 취재 대상이었고, 독자들로부터 편지가 쇄도하여 답장을 다 못할 정도였다. 그의 명성은 미국에까지 전해져서 미국의 유명한 시인 랠프 월도 에머슨Ralph Waldo Emerson이 그와의 만남을 요청하기까지 했다. 테니슨도 워즈워스처럼 사랑하는 사람이나 친구들과 함께했던 과거의 즐거웠던 시절을 그리워하는 시를 썼다.

하염없이 흘리는 눈물

그 의미는 알 수 없지만, 눈물이, 부질없는 눈물이,
어떤 신성한 절망의 심연으로부터 나온 눈물이
마음에서 솟아올라,
눈에 고인다,
행복한 가을의 들판을 바라보면서,
가버린 날들을 생각할 때면.

지하 세계에서 우리의 친구들을 데려오는
배의 돛에 반짝이는 첫 햇살처럼 신선하다,
수평선 아래로 우리가 사랑하는 모든 이들과 함께 가라앉는
배의 돛을 붉게 물들이는 마지막 햇살처럼 슬프다,
가버린 날들은 이처럼 신선하고, 슬프다.

어둑어둑한 여름 새벽에,
죽어가는 이의 눈에 창문이 점점 희미하게 밝아올 때,
그의 귀에 들리는 잠이 덜 깬 새들의 지저귀는 소리처럼,
슬프고 기이하다.

가버린 날들은 이처럼 슬프고, 기이하다.

사랑하는 사람과 죽기 전에 나눴던 입맞춤의 기억처럼 소중하다.

다른 사람에 속한 입술이라 가망이 없어,

상상으로 하는 입맞춤처럼 달콤하다.

첫사랑처럼 애절하고, 모든 회한만큼 애통하다,

오, 가버린 날들은 생중사로다!

다시 돌아갈 수 없는 지난 시절을 회상하다 보면 나도 모르게 눈물이 날 때가 있다. 아무리 아름다운 순간이라도 한번 지나가면 다시 돌아오지 못하는 우리의 인생은 슬프지 않을 도리가 없다. 그래서일까? 시인은 시 속에서 "가버린 날들"이라는 구절을 반복한다.

이 시에서 "신성한 절망divine despair"은 모순어법으로 꽤 난해한 표현이다. 'divine'은 '신성하다'는 의미이면서 동시에 신god의 형용사형이 될 수 있기 때문에, 절망이라는 단어와 어울리지 않는다. 기독교에서 절망은 하나의 죄와 같으므로 '신성한 절망'이란 존재할수가 없다. 시인은 눈물의 의미를 알 수 없다고 표현했지만, 정말 이유를 몰라서라기보다는 그 의미를 명확하게 말하고 싶지 않아서 그렇게 표현했던 것이 아닐까? 테니슨이 말하는 "가버린 날들"은 친구나 연인이 살아 있었던 때일까, 아니면 신앙심이 굳건해서 희망에 차 있었던 때일까?

테니슨이 이 시를 쓰게 된 배경을 여기서 잠깐 살펴보자. 그의 절친한 친구 할럼Arthur Hallam이 스물네 살의 나이에 갑작스럽게 요절하자 테니슨은 큰 충격에 휩싸였다. 할럼은 테니슨의 여동생과 결혼을 약속했던 사이이기도 한데, 비엔나를 여행하던 중에 뇌출혈로 예고 없이 세상을 떠나버린다. 젊은 시절에 갑작스런 친구의 죽음을 경험해본 사람이라면 아마 테니슨의 심정을 잘 이해할 수 있으리라. 이런 급작스런 죽음을 경험하면 우리는 흔히 '왜 하필이면 그가 죽었어야 하는가?'라는 질문을 던지게 된다. 착하고 성실한 사람이 어느 날 비명횡사하면 우리는 자비로운 신의 존재에 회의를 품을 수밖에 없다. 친구의 갑작스런 죽음은 아마도 테니슨의 신앙심을 흔들리게 했던 것 같다. 테니슨은 기독교인이었지만, 모순되게도 이 시에서 그의 태도는 염세적이다.

2연에서 테니슨은 사람이 죽으면 지하 세계로 간다고 믿었던 그리스 신화를 따라, 이승을 떠나는 모습을 배를 타고 지하 세계로 가는 모습으로 형상화한다. 죽은 사람들을 다시 이 세상으로 데려올 수 있다면 그 얼마나 생기 넘치는 일일까? 그 배를 비추는 첫 햇살은 또 얼마나 새롭고 따사로울까? 반면 사랑하는 이들을 실은 배가 이승을 떠나 저승으로 갈 때는 석양의 마지막 모습처럼 슬프기 그지없다.

3연은 사람이 누워서 임종을 맞이할 때를 상상한 구절이다. 창문 밖으로 새벽빛이 희미하게 밝아오면 영혼은 곧 세상을 떠날 것이다.

'새들도 아직 잠이 덜 깬 상태'라는 표현은 숨을 거둘 때 감각이 수그러들고 모든 것이 몽롱하게 느껴지는 상태를 표현한다. 죽는 순간 귓가에 들리는 새소리는 참으로 기이할 것이다. 마지막 연은 사랑하는 사람이 뜻하지 않게 죽었을 때, 그와 나눴던 입맞춤의 달콤함을 떠올리며 지난 과거를 추억하는 안타까운 마음이 절절히 표현된 구절이다. 내가 과거에 사랑했던 사람에게 다른 사귀는 이가 있다면 그이와 나는 이제 더 이상 입맞춤을 할 가능성이 없다. 그에 대한 그리움에 상상으로 하는 그 입맞춤은 더욱 달콤하리라. 가버린 날들은 생중사生中死, 즉 살아 있지만 죽은 것과 다름없는 상태를 만든다고 하니, 더 이상 존재하지 않는 과거에 대한 테니슨의 애타는 마음이 절절히 느껴진다.

현재에 만족하며 살아가는 사람들도 있지만, 과거의 한 시절을 그리워하며 사는 사람들도 있다. 부질없는 눈물인 줄 알면서도, 돌이킬 수 없는 지난날들을 회고할 때 우리는 솟아나는 눈물을 억누를 수가 없다. '지금, 여기'에서의 삶에 충실하면 회한과 후회가 남지 않아 과거를 돌아볼 때 덜 속상하다는 사람도 있겠으나, 지난 시절이 너무 찬란하고 아름다워도 먼 훗날 그 시절을 돌아볼 때 주체할 수 없는 그리움과 안타까움이 밀려들기도 한다.

되돌릴 수도 없고, 붙잡을 수도 없는 시간의 속성은 세월 앞에서 인간을 겸허히 무릎 꿇고 울게 만든다. 나의 현재가 지난 과거에 비해 보잘것없을수록 그 눈물의 맛은 더욱 진하다. 기력이 쇠해가는 노인이 푸르렀던 청춘을 슬퍼하며 추억하는 것도, 한때는 단란했으나 지금은 그렇지 못한 우정 혹은 사랑의 기억이 안타까운 것도 다 그런 이유 때문일 터다. 이렇게 '가버린 날들'이 서러워 눈물이 맺히는 날에는 그 '가버린 날들' 덕분에 그때는 울던 내가 이제는 웃을 수도 있게 되었음을 떠올려보면 어떨까. 시간은 찬란했던 기억을 빛바래게도 만들지만, 상처가 되었던 기억을 언제 그랬냐는 듯 아물게도 만들어주니 말이다.

7. 모든 것을 떨치고 자유롭게

바람처럼 살고 싶지 않은 사람이 있을까.

무언가에 얽매이지도 않고,

무거운 짐 하나 없이 가볍기만 하고,

때로는 살랑이다 때로는 격정적으로 몰아치기도 하는

그 분방함이란.

바람의 또 다른 이름은 자유다.

낭만주의 시인들에게도 '바람'은

신비로움과 자유로움의 원천으로 여겨져서

시에서 자주 쓰이던 모티브였다.

불투명한 미래에 불안한 당신에게

●

　김광석의 〈서른 즈음에〉는 발표된 지 30여 년이 다 되어가지만, 오늘날에도 여전히 많은 이들이 애창하는 노래다. 왜 그럴까? 20대 시절이 특별하지 않은 이는 아무도 없을 것이다. 하지만 막상 서른이 되면 20대 시절이 훌쩍 지나가버린 걸 깨닫는다. "머물러 있는 청춘"은 없다는 걸, 그래서 서른에는 지난 시간에 대한 아련함과 다가올 시간에 대한 조급함이 교차한다.

　서른 무렵이었을 때 워즈워스는 아무도 알아주지 않는 무명 시인이었다. 그는 케임브리지대학을 나와 성직자가 되어 안정적인 삶을 살 수도 있었지만, 경제적 안정이 보장되지 않는 시인의 길을 선택한다. 시인으로 살아가는 건 그때나 지금이나 경제적으로 순탄하지 않았다. 친구들의 후원금으로 생계를 잇던 그는 미래에 대한 걱정에서 자유롭지 못했다.

〈결의와 독립〉은 그런 워즈워스의 마음과 깨달음이 담긴 작품이다. 이 시 역시 다른 그의 작품들처럼 호수 지역에서 그가 경험한 내용을 바탕으로 쓰였다. 이 시의 배경은 'moor'*인데, 영한사전에는 '황무지'라고 되어 있지만 황무지라고 번역하면 그 뜻에 오해가 생길 수 있다. 그보다는 구릉이 많은 지역으로 보아야 한다.

시의 내용을 요약하면 이렇다. 비가 몹시 내린 다음 날이라 평소보다도 더욱 청명하게 맑은 날, 시의 화자는 구릉을 산책한다. 아니, 자못 먼 거리를 가는 것이니 도보 여행이라고 하는 게 더 정확할지도 모르겠다. 초원의 풀들은 빗방울이 맺혀 빛나고, 산토끼들은 뛰어다니고, 새들은 멀리서 노래하고, 시냇물 소리도 들리는 아주 평화롭고 산뜻한 날이다. 이런 광경을 보니 시의 화자는 어린아이가 된 듯 마냥 즐거워하다가, 불현듯 우울하고 슬퍼진다. 그리고 자신의 인생이 현재까지는 순탄한 길을 걸어왔지만, "스스로를 돌보지 않는 사람에게 누가 집을 지어주고 씨를 뿌려주기를 기대할 수 있겠는가?"라며 미래를 걱정한다. 이어서 그는 가난 속에서 살다가 스물여덟 살에 요절한 시인 토마스 채터턴Thomas Chatterton에 대한 얘기를 하면서 "우리 시인들은 젊어서는 환희 속에서 시작하지만

---

* 옆의 사진을 보면 'moor'를 쉽게 이해할 수 있다.

결국에는 낙담과 광기로 끝을 맺는다"라고 말한다.

정처 없이 걷던 화자는 오랜 세월 병마에 시달리기라도 한 듯 허약하고 노쇠해진 노인을 만나게 된다. 그는 나무 지팡이에 의지해 가냘픈 몸을 지탱하고 있다. 그가 가까이 갔을 때, 노인은 연못에 앉아서 지팡이로 물을 휘저을 뿐, 미동도 하지 않고 바위처럼 앉아 "책을 읽듯이" 물속을 뚫어져라 쳐다보고 있었다.

화자는 노인에게 날씨가 좋다는 인사말을 한 뒤, 가까이에 앉아서 무엇을 하고 있냐고 묻는다. 허름한 겉모습과는 달리, 노인이 말하는 태도는 예사롭지 않다. 말투에 힘은 없었지만 경건하고 엄숙하고 진지하다. 노인은 거머리를 잡으려고 연못에 왔다고 대답한다. 하지만 시인은 노인을 꿈에 나타난 사람 혹은 자신에게 용기와 충고를 전해주기 위해 먼 나라에서 온 사람처럼 느낀다.

화자는 노인에게 거머리 잡는 일이 할 만하냐고 묻는다. 노인은 "예전 같지 않소. 거머리들이 많이 줄었지만 찾을 수 있는 곳까지 가서 잡는다오"라고 대답한다. 그러자 화자는 "그 한적한 곳, 노인의 모습과 말투, 이 모든 것이 나를 심란하게 했다. 내 마음의 눈으로 거친 언덕을 따라 홀로 묵묵히 걸어가는 노인의 모습을 보는 것 같았다"라고 토로한다. 자신의 삶에 당당한 노인의 태도에 감명을 받은 화자는 "그렇게 노쇠한 노인의 마음이 굳건한 것을 보고 나 스스로를 비웃을 뻔했다"라면서, 앞으로는 인적 없는 산골에서 거머리를 잡는 그 노인을 생각하며 살겠다고 다짐한다.

당시 거머리는 의사가 환자의 피를 뽑기 위한 용도로 사용되었다. 그러나 거머리를 잡는 일은 육체적으로 고된 일이었고 사회적으로는 대우받지 못했다. 하지만 이 거머리잡이 노인은 자신의 직업에 대해 불평하지 않는다. 오히려 삶에 달관한 현자 같은 느낌을 물씬 풍긴다.

워즈워스는 '시골의 소박한 삶rustic and humble life'을 시에 담아야 한다고 생각했던 시인이다. 자연 속에서 청빈하고 소박한 삶을 사는 사람들은 도시 사람들처럼 작위적이지 않으며, 인간의 자연스럽고도 근본적인 정서를 보여주기 때문이다. 워즈워스의 시 속에 등장한 거머리 잡는 노인 역시 평생 동안 자연 속을 헤매면서 자연과 교류를 하며 살아온 사람이었기 때문에, 그렇게 의연하게 행동할 수 있었을 것이다.

먼 미래에 자신이 어떤 모습으로 살고 있을지 정확히 그려지지 않아 마음 한구석이 불안한가? 그럴 때는 지금 할 수 있는 일을 의연하고 묵묵히 해나가며 나만의 삶의 원칙을 따라 작지만 의미 있는 발걸음을 내딛어보자. 그것이 곧 자유로우면서도 당찬 삶의 시작이다.

자유를 갈망하면서도
틀 안에 갇힌 삶을 살고 있다면

●

새봄의 설렘을 담은 바람에서부터 한여름의 더위를 식혀주는 바람, 가을의 운치를 더해주는 바람, 정신을 번쩍 들게 하는 매서운 겨울바람까지, 계절을 막론하고 사시사철 불어오는 바람은 여러 갈래의 느낌을 우리에게 가져다준다. 흔들리는 꽃나무들을 볼 때, 두 볼을 스치는 공기의 감각을 느낄 때, 눈에 보이지는 않지만 우리 가까이에서 자유로이 유영하는 바람의 존재를 고스란히 체험한다. 그러다 문득 이런 생각이 피어오른다. '이 시원한 바람은 어디에 불어오는 걸까?'

바람처럼 살고 싶지 않은 사람이 있을까. 무언가에 얽매이지도 않고, 무거운 짐 하나 없이 가볍기만 하고, 때로는 살랑이다 때로는

격정적으로 몰아치기도 하는 그 분방함이란. 바람의 또 다른 이름
은 자유다. 낭만주의 시인들에게도 '바람'은 신비로움과 자유로움의
원천으로 여겨져서 시에서 자주 쓰이던 모티브였다. 셸리의 시를
읽으면 그런 분위기를 한껏 느낄 수 있을 것이다.

서풍에게 보내는 시

1

오, 가을의 숨결인 그대, 거친 서풍이여,

마법사로부터 도망치는 유령들처럼

그대의 보이지 않는 존재로부터

병에 걸린 듯 노랗고, 검고, 창백하고 검붉은

수많은 죽은 잎사귀들이 휘몰아치는구나.

날개 달린 씨앗들을 어두운 겨울 잠자리로 몰아가는

오, 서풍이여,

그 잠자리에서 씨앗들은 무덤속의 시체처럼

차갑고 낮게 누워 있구나!

그대의 하늘빛 누이인 봄이 꿈꾸는 대지를 향해 나팔을 불고,

(양떼들처럼 달콤한 씨앗들이 공기를 먹을 수 있도록 몰아가면서)

들판과 언덕을 생명의 색채와 향기로 채울 때까지

온 세상을 두루 다니는 거친 영혼이여!
파괴자이자 보존자여, 들어라, 오, 들어라.

2

그대는

가파른 하늘의 동요^{動搖} 속에서,

지상의 낙엽들이 떨어지듯이,

하늘과 바다의 얽힌 가지들로부터

비와 번개의 사자^{使者}들인 흐르는 구름을

바람으로 떨구어낸다.

희미한 수평선 가장자리로부터

하늘 꼭대기까지,

격렬한 메이나드(디오니소스의 여인들)의 머리에서

들어 올린 옅은 머리칼처럼,

다가오는 폭풍의 구름들은

그대의 몰아치는 대기의 푸른 표면 위에

펼쳐지는구나.

죽어가는 한 해의 만가이기도 한 그대에게,

이 다가오는 밤은

응집된 구름의 힘으로 만들어진

거대한 둥근 무덤이 되리라.

그 무덤의 짙은 대기로부터

검은 비와 번개와 우박이 쏟아질 것이니,

오, 들어라!

3

푸른 지중해를 여름날의 꿈에서 깨우는 그대여,

지중해는

바이아Baiae 만의 부석 섬 옆에서

수정 같은 물결에 잠들어서,

꿈속에서 하늘빛 풀과 꽃들이 무성한

옛 궁전과 탑들이

파도의 강한 햇살 속에

흔들리는 것을 보는도다.

그 광경은 너무도 아름다워 그것을 상상하는 감각은 혼절하리라!

그대의 길을 위해

대서양의 잔잔한 파도들은

스스로를 갈라 길을 터주고,

저 아래 바다 속에서

잎이 시든 나무들과 꽃들은

그대의 목소리를 알아차리고,

두려움에 회색빛으로 갑자기 변하여,

전율하며 잎들을 떨어뜨린다.

오, 들어라!

4

만일 내가 그대가 날리는 낙엽이라면,

만일 내가 그대와 함께 빠르게 흐르는 구름이라면,

만일 내가 그대의 힘에 쓸려 숨이 가쁘고,

그 힘의 충동을 함께하여 그대만큼이나 자유로운 파도라면,

오, 통제할 수 없는 존재여!

만일 내가 그대만큼 빠르게 나는 것이 환상이 아니었던 어린 시절처럼

하늘을 떠다니는 그대의 벗이 될 수 있다면,

이렇게 애절하게 그대에게 간청하지는 않았으리.

오, 파도와 낙엽과 구름처럼 나를 들어 올려다오!

그러나 나는 삶의 가시덩굴에 떨어져서 피를 흘리는도다!

시간의 육중한 무게가

그대처럼 길들이지 않고, 빠르고, 당당한

나를 구속하고 좌절시키는도다.

5

나무들처럼 나를 그대의 에올리언 하프로 만들어다오,
내 잎이 낙엽처럼 떨어진들 어떠하리!
그 두 악기로부터 그대의 세찬 격동의 화음은
슬프지만 감미로운 가을의 심오한 곡을 연주하리라.
격렬한 영혼이여, 내 영혼이 되어라!
강렬한 존재여, 내가 되어라!
마른 낙엽들처럼 온 세상에 내 죽은 사상들을 몰아가거라,
새로운 탄생이 곧 생기도록.

그리고 이 시의 주문을 통해서,
꺼지지 않은 화로의 재와 불꽃처럼
인류에게 내 말을 퍼뜨려다오!
내 입술이
아직 잠들어 있는 대지에게
예언의 나팔이 되게 해다오!
오, 서풍이여,
겨울이 오면, 봄도 곧 오지 않겠는가?

Ode to the West Wind

1

O wild West Wind, thou breath of Autumn's being,
Thou, from whose unseen presence the leaves dead
Are driven, like ghosts from an enchanter fleeing,

Yellow, and black, and pale, and hectic red,
Pestilence-stricken multitudes: O thou,
Who chariotest to their dark wintry bed

The winged seeds, where they lie cold and low,
Each like a corpse within its grave, until
Thine azure sister of the Spring shall blow

Her clarion o'er the dreaming earth, and fill
Driving sweet buds like flocks to feed in air
With living hues and odours plain and hill:

Wild Spirit, which art moving everywhere;
Destroyer and preserver; hear, oh hear!

2

Thou on whose stream, mid the steep sky's commotion,
Loose clouds like earth's decaying leaves are shed,
Shook from the tangled boughs of Heaven and Ocean,

Angels of rain and lightning: there are spread
On the blue surface of thine aëry surge,
Like the bright hair uplifted from the head

Of some fierce Maenad, even from the dim verge
Of the horizon to the zenith's height,
The locks of the approaching storm. Thou dirge

Of the dying year, to which this closing night
Will be the dome of a vast sepulchre,
Vaulted with all thy congregated might

Of vapours, from whose solid atmosphere
Black rain, and fire, and hail will burst: oh hear!

3
Thou who didst waken from his summer dreams
The blue Mediterranean, where he lay,
Lulled by the coil of his crystalline streams,

Beside a pumice isle in Baiae's bay,
And saw in sleep old palaces and towers
Quivering within the wave's intenser day,

All overgrown with azure moss and flowers
So sweet, the sense faints picturing them! Thou
For whose path the Atlantic's level powers

Cleave themselves into chasms, while far below
The sea-blooms and the oozy woods which wear
The sapless foliage of the ocean, know

Thy voice, and suddenly grow gray with fear,
And tremble and despoil themselves: oh hear!

4

If I were a dead leaf thou mightest bear;
If I were a swift cloud to fly with thee;
A wave to pant beneath thy power, and share

The impulse of thy strength, only less free
Than thou, O uncontrollable! If even
I were as in my boyhood, and could be

The comrade of thy wanderings over Heaven,
As then, when to outstrip thy skiey speed
Scarce seem'd a vision; I would ne'er have striven

As thus with thee in prayer in my sore need.
Oh, lift me as a wave, a leaf, a cloud!
I fall upon the thorns of life! I bleed!

A heavy weight of hours has chain'd and bow'd
One too like thee: tameless, and swift, and proud.

5

Make me thy lyre, even as the forest is:
What if my leaves are falling like its own!
The tumult of thy mighty harmonies

Will take from both a deep, autumnal tone,
Sweet though in sadness. Be thou, Spirit fierce,
My spirit! Be thou me, impetuous one!

Drive my dead thoughts over the universe
Like withered leaves to quicken a new birth!
And, by the incantation of this verse,

Scatter, as from an unextinguished hearth
Ashes and sparks, my words among mankind!
Be through my lips to unawakened earth

The trumpet of a prophecy! O Wind,
If Winter comes, can Spring be far behind?

〈서풍에게 보내는 시〉는 셸리의 대표작으로, 문장이 길고 복잡하지만 읽을 만한 가치가 충분히 있다(그래서 전문을 실었다). 하지만 집중해서 읽지 않으면 주어와 목적어가 무엇인지 놓칠 수 있어 감상에 끈기가 요구되는 작품이기도 하다. 이 시는 제목 그대로 서쪽에서 불어오는 가을바람에게 보내는 시다. 시인은 왜 바람에게 그토록 자신의 마음을 외치고 있을까?

이 시에서 바람은 '시적 영감'을 상징한다. 그리고 바람은 어디서든지 자유롭게 강한 기운을 몰아갈 수 있는 존재다. 시인은 그런 자유를 갈망하고 있다. 그렇다면 시인이 이토록 자유를 갈망하는 이유는 무엇일까?

셸리는 대학 1학년 때 〈무신론의 필연성〉이라는 글을 써서 배포했다는 이유로 퇴학당한다. 급진적 성향을 가진 그에게 자유는 어떤 것보다도 고결한 가치였다. 〈서풍에게 보내는 시〉에는 자유에 대한 셸리의 열망이 담겨 있다. 늦가을 공원에서 거무튀튀한 색깔의 낙엽들이 몰아치는 바람에 휘날리는 것을 본 적이 있다면 이 시의 시작 부분이 마음에 와닿을 것이다. 그 휘몰아치는 낙엽들을 마치 마법사에게 쫓기는 유령으로 표현하여 신비로운 분위기를 자아낸다. 비발디의 《사계》 중 3악장 〈가을〉을 들으면서 이 시를 감상하면 시적인 분위기가 더 고조될 것이다.

겨울이 되면 모든 씨앗들이 죽은 것처럼 보이지만, 실제로는 봄을 위해 싹틀 준비를 하고 있다. 그래서 늦가을에 그 씨앗들을 날리게 한 서풍은 파괴자인 동시에 보존자다. 그 씨앗은 셸리가 창작한 시를 상징한다. 그는 자신의 시가 지금은 죽은 것처럼 의미가 없어 보이지만 미래에는 인류에게 희망의 메시지를 전하리라고 기대한다. 인류에게 불을 전해준 프로메테우스의 역할을 하는 것이 시인으로서 그의 목표다. 이런 사명감은 비록 그것이 고통을 수반하는 일이라 할지라도 기꺼이 그 일에 자신을 투신하게 만든다.

〈2〉에서는 매지구름이 모여 비가 쏟아지는 상황을 그리스 신화를 이용해 초자연적인 현상으로 표현했다. 매지구름이 모이면 곧이어 비와 번개가 내리친다. 구름을 사자로 표현한 까닭이다. 셸리는 낙엽을 떨구듯 하늘에서 먹구름을 떨구는 서풍의 위력을 강력하게 표현한다. 술의 신 디오니소스를 숭배한 여인들의 이미지는 열정적이고 관능적인 느낌을 준다.

〈3〉에서는 지구의 모든 생명체는 하나의 생명처럼 서로 연결되어 있다고 믿었던 콜리지의 '하나의 생명one life'* 개념을 떠올리게 한다. 지중해를 깨우고, 저 대서양 바다 밑에 있는 생물조차도 서풍의 소리를 알아차리고 잎을 떤다는 표현은 무척이나 시적이다. 바람은 어디로든 갈 수 있고 강력한 존재이므로 저 바다 밑바닥 속의 생물까지도 그 존재를 알아본다는 것이다. 자연의 모든 생명체가 서로 연결되어 있는 사실을 떠올려보라. 얼마나 황홀한가.

〈4〉에서 시인은 젊었을 때는 서풍처럼 자유로워지는 것이 환상이 아니었다며, "통제할 수 없는 존재여!"라고 외친다. 세차게 부는 서풍처럼 통제되기를 거부하는 시인의 강렬한 열망이 전해진다. 이 대목을 읽을 때면 현대를 살아가는 우리의 모습을 반성하게 된다. 많은 부분이 자유로워진 요즘이지만, 한편으로 사람들은 사회가 제

---

* 뒤에 나오는 콜리지의 시에서 자세히 다룰 것이다.

시하는 틀에서 벗어나는 삶을 두려워하기도 한다. 어쩌면 다수에 편입되어 통제된 삶을 사는 것이 더 편할 수도 있을 것이다. 남들 하는 대로 그냥 따라 하면 되기 때문이다. 골치 아프게 선택하지 않아도 되고, 홀로 외롭게 고군분투하지 않아도 된다. 외부의 강요를 거부하려면 그만큼 자신만의 철학이나 신념이 확고해야 한다. 이는 결코 쉽지 않은 일이다.

셸리는 사회로부터 통제되기를 거부했던, 자유로운 영혼을 지닌 시인이었다. 하지만 시인은 서풍 같은 자유가 현실적으로 어렵다는 것을 알고 절망하여, "삶의 가시덩굴"에 찔려 피를 흘린다. 〈5〉에서 시인은 자신의 혁명적인 새로운 사상이 세상에 퍼지기를 갈망한다. 셸리가 살았던 시대는 귀족정치의 시대였고, 투표권이 없던 보통 사람들에게 많은 억압이 가해졌다. 귀족들은 서민들이 굶주리는 상황에서도 곡물 가격이 떨어지지 않도록 곡물법을 만들어 수입된 곡물에 비싼 세금을 부과했다. 기독교인이라도 영국국교(성공회)에 속하지 않으면 공직에서 제외되기도 했다. 이처럼 억압적인 현실을 살았지만, 그럼에도 셸리는 "겨울이 오면, 봄도 곧 오지 않겠는가?"라고 외치며 희망을 꿈꾸었다.

판에 박힌 교육, 천편일률적인 대중매체, 자본이 지배하는 문화 체제 아래에 살고 있는 우리가 그 영향에서 자유롭기란 쉽지 않다. 존 스튜어트 밀은 《자유론》에서 "자신의 취향보다 다른 사람들의 취향을 따른다는 것이 문제가 아니라, 자신의 취향 자체가 없다는 것이 문제다"라고 말했다. 자신만의 취향을 갖는다는 것이 그렇게 쉬운 일이 아니라는 말이다. 그는 사람들이 여가 시간에 무엇을 할 것인지를 결정할 때도, 자신보다 높은 지위의 사람들이 가진 취향이 무엇인가를 먼저 생각하기 때문에 자신만의 취향을 찾지 못한다고 비판했다. 밀은 사람들이 항상 시류에 '순응conformity'할 준비가 되어 있기 때문에 그렇다고 보았다. 이런 때일수록 실존주의 철학자 키르케고르의 "주체적인 것subjectivity이 진리다"라는 외침에 귀를 기울여보는 것은 어떨까? 이 말은 군중의 성향을 따라가지 말고 자신의 실존을 행동의 기준으로 삼으라는 의미다. 자유를 갈망하면서도 아이러니하게 너무나 주변 사람들의 시선을 의식하면서 살고 있는 요즘의 우리가 마음에 새겨야 할 삶의 지침이 아닌가 싶다.

날파리처럼 초연하게

●

다소 서글픈 사실이긴 하지만, 내가 내일 당장 죽어도 세상은 변함없이 여느 때처럼 그대로 돌아간다. 순환하는 자연 속에서 어떤 한 존재가 죽음을 맞이한들 자연은 여전히 변함없이 자신의 시간표에 따라 흘러갈 뿐이다. 이런 생각을 하면 삶이 무상하게도 여겨지지만, 다른 한편으로는 죽음에 초연해지게 된다. 따뜻한 봄날 우리 곁에 날아들었던 제비도 겨울이 다가오면 떠날 채비를 하고 하늘로 모여든다. 우리도 언젠가는 인생의 봄날을 뒤로하고 떠나게 될 것이다. 죽음은 선택이 아닌 숙명이기에. 키츠의 〈가을에게〉는 초연한 삶의 자세를 다지고 싶을 때 꺼내 읽기에 딱 맞춤한 시다.

가을에게

1

안개와 익어가는 결실의 계절,

무르익게 하는 태양의 절친한 친구,

가을은 그와 공모를 한다.

어떻게

초가지붕을 휘감은 포도나무에 열매를 맺어 축복할지,

어떻게

이끼 낀 시골집 옆 나뭇가지들이 사과로 휘게 하고,

모든 열매들이 속까지 잘 익게 할지.

어떻게

조롱박을 부풀리고,

헤이즐 열매가 속까지 달콤하도록 익게 할지,

어떻게

벌들을 위해 늦게 피는 꽃들의 싹을 더 많이 트게 할지,

벌들이 따뜻한 날은 끝나지 않으리라고 생각하도록.

여름은 벌집이 끈적끈적한 꿀로 넘치게 하였기에.

2

곡식 창고에 있는 너의 모습을 못 본 사람이 있을까?

너를 찾아 나선 사람이라면

키질하는 바람에 머리를 부드럽게 날리며

곡식 창고 바닥에 근심 없이 앉아 있는 너를 보았겠지,

베어내야 할 밭이랑과 엉킨 꽃들을 그냥 놔둔 채,

양귀비 향기에 졸리어,

수확하다 말고 밭에서 깊이 잠든 너를 보았겠지,

이삭을 줍는 사람처럼 머리에 짐을 이고서,

개울을 건너는 너를,

사과 압축기 옆에 앉아 인내심 어린 시선으로

한 방울씩 떨어지는 사과즙을 몇 시간이고

마지막까지 바라보는 너를 보았으리라.

3

봄의 노래는 어디에 있는가? 아, 어디에 있는가?

봄의 노래는 생각하지 말지어다, 너에게는 너의 노래가 있으니.

줄무늬구름이 고요히 죽어가는 날을 붉게 물들이고,

그루터기 들판을 장밋빛으로 스치게 할 때,

바람이 부는 대로 오르락내리락하는

작은 날파리 떼는

구슬픈 합창으로

강가의 버드나무 옆에서 애도를 한다.

다 자란 양들은 언덕에서 큰 소리로 울고,

여치들은 노래를 한다.

이제 울새는 밭에서 고음으로 부드럽게 지저귀고,

모여든 제비들은 하늘에서 지지배배 거리는데.

To Autumn

1

Season of mists and mellow fruitfulness,

Close bosom-friend of the maturing sun;

Conspiring with him how to load and bless

With fruit the vines that round the thatch-eves run;

To bend with apples the moss'd cottage-trees,

And fill all fruit with ripeness to the core;

To swell the gourd, and plump the hazel shells

With a sweet kernel; to set budding more,

And still more, later flowers for the bees,

Until they think warm days will never cease,

For summer has o'er-brimm'd their clammy cells.

2

Who hath not seen thee oft amid thy store?

Sometimes whoever seeks abroad may find

Thee sitting careless on a granary floor,

Thy hair soft-lifted by the winnowing wind;

Or on a half-reap'd furrow sound asleep,

Drows'd with the fume of poppies, while thy hook
Spares the next swath and all its twined flowers:
And sometimes like a gleaner thou dost keep
Steady thy laden head across a brook;
Or by a cyder-press, with patient look,
Thou watchest the last oozings hours by hours.

3
Where are the songs of spring? Ay, Where are they?
Think not of them, thou hast thy music too,—
While barred clouds bloom the soft-dying day,
And touch the stubble-plains with rosy hue;
Then in a wailful choir the small gnats mourn
Among the river sallows, borne aloft
Or sinking as the light wind lives or dies;
And full-grown lambs loud bleat from hilly bourn;
Hedge-crickets sing; and now with treble soft
The red-breast whistles from a garden-croft;
And gathering swallows twitter in the skies.

〈1〉에서 시인이 묘사한 가을은 풍요로운 느낌을 준다. 절친한 친구 사이인 태양과 가을이 어떻게 하면 잘 결실을 맺을지 '공모'한다는 표현이 참으로 시적이다. 공모는 다른 사람들이 모르게 몰래 협의하는 것이다. 세상살이에 바쁜 사람들은 들판의 열매늘이 어떻게 익어가는지에 대해서는 별로 관심이 없다. 자연의 흐름을 당연하게 여기는 것이다. 하지만 자연은 그들만의 언어로 공모하고 성장한다. 시인의 참신한 상상력은 우리의 시선을 새삼 자연의 순환에 가닿게 만든다.

〈2〉에서는 풍요한 가을의 존재를 느끼지 못하는 사람이 있는지 의문을 던진다. 이때의 가을은 한가롭게 곡식 창고에 앉아 머리를 흩날리는 여인으로 의인화되어 생생한 느낌을 준다. 수확을 하다 말고 양귀비 향기에 취한 듯 졸고 있는 가을의 모습에는 삶의 무게에서 벗어나 자연 속에서 잠시나마 쉴 수 있는 여유로움을 갈망하는 시인의 마음이 반영되어 있다. 압축기에서 한 방울 한 방울 떨어지는 사과즙을 몇 시간이고 끝까지 지켜볼 수 있는 한가로움은 앞으로 살아갈 날이 얼마 남지 않았음을 알고 있는 시인의 처지를 헤아려볼 때 인생에 대한 초연한 태도라고 볼 수 있다. 여기저기에서 분주하게 꽃들이 피어나는 활기찬 봄이나, 작열하는 태양처럼 젊음을 불사르는 정열적인 여름을 언제까지나 붙잡아둘 수는 없는 법. 이제 자연의 온 만물은 생명력을 차츰 잃어가면서 차분해지는 시기에 접어든다.

그럼에도 불구하고, 〈3〉에서 시인은 봄의 노래를 찾지 말라고 말한다. 가을의 노래가 있기 때문이다. 〈3〉에서는 "고요히 죽어가는 날"과 그루터기들이 놓인 빈터를 석양의 구름이 붉게 물들이는 가을 저녁의 모습이 선연히 그려진다. 석양을 인생의 황혼에 비유하듯이, 저녁은 인생으로 치면 죽음으로 가는 시간이다. 그리고 그루터기들은 삶을 마감한 나무의 흔적이다. 하지만 시인은 저물어가는 슬픔에 머무르지 않는다.

"장밋빛"처럼 아름다운 저녁노을은 석양만이 보여줄 수 있는 풍경이다. 아침의 눈부신 햇살이나 한낮의 타오르는 태양은 가져다주지 못하는 평온함이 석양 속에 존재한다. 석양의 평온함을 배경으로 삼아 강가의 날파리들은 힘없이 바람이 부는 대로 위로 올라갔다가 아래로 내려가기를 반복한다. 바람에 몸을 맡기고 살아가는 날파리들은 자신의 의지나 욕망을 내세우지 않고 초연히 살아가는 존재다. 시인 역시 그렇게 살아가고 싶어 한다. 바람이 나부끼는 대로 흐르듯 사는 삶. 날파리처럼 초연하게 살 수 있다면 인생에서 더 이상의 절망은 없으리라. 이와 더불어 다 자란 양들이 평화롭게 들판에서 우는 모습이나, 무심하게 우는 여치들과 지저귀는 새들의 모습은 죽음의 이미지와는 대조를 이루며 평온한 느낌을 준다. 그리고 먼 길을 떠날 채비를 하는 제비의 모습은 자신도 이생을 곧 떠날 것이라는 암시가 깔려 있다.

어느 시절에나 인간은 건강과 영생을 갈망했지만, 오늘날 우리는 특히 '건강하고 즐겁게 오래' 사는 것을 인생 최고의 목표로 삼은 듯 보인다. 웰빙, 웰니스. 적절한 유희와 행복이 이어지는 삶은 즐겁다. 하지만 그것만이 인생의 전부는 아니다. 평생을 자연 속에서 아름다움과 여유를 노래했을 것만 같은 낭만주의 시인들은 의외로 평탄한 삶을 살지 못했다. 바이런, 셸리, 키츠는 각각 36년, 30년, 26년이라는 짧은 인생을 살았다.

　바이런은 한때 방탕하고 유희적인 삶을 살기도 했지만, 한편으로는 영국 하층민을 위한 입법 활동을 했고, 자유를 신봉했던 가치관에 따라 오스트리아 지배하의 이탈리아인들을 돕기도 했다. 그는 그리스의 독립을 위해 참전했던 전쟁터에서 생을 마감했다. 셸리는 영국인들로부터 핍박을 받은 아일랜드 사람들의 해방을 위해 노력하는 등 사회적 억압으로부터 개인이 자유를 얻을 수 있도록 사회 활동을 했다. 키츠는 편안한 삶을 보장해줄 수 있는 의사라는 직업을 포기하고, 시인이라는 험난한 길을 선택했다.

　개인의 안위와 욕망을 생각했더라면 선택하지 못했을 삶을 살았던 낭만주의 시인들을 되돌아보며 더 높고 숭고한 가치를 위해 자신의 일생을 바치는 초연한 삶의 아름다움을 깨닫는다. 우리가 그들과 똑같은 인생의 길을 선택할 수는 없겠지만, 그들의 시를 읽고 그들이 지향했던 삶의 가치를 되새겨보는 것만으로도 우리 삶에 신선한 전환점이 될 수 있지 않을까.

8. 인간의 영원한 쉼터, 자연으로의 회귀

콜리지는 자연에 존재하는 모든 생명체는
그 형태가 각각 다르지만
저마다 하나의 에올리언 하프라고 보았다.
서로 분리된 개별적인 존재처럼 보이지만,
모든 존재는 바람과 공기의 영향을 받아 소리를 내는
에올리언 하프처럼 서로가 서로에게 영향을 끼친다.
이런 점에서
자연 전체가 하나의 생명인 것이다.

자연의 모든 생명은
하나로 연결되어 있다

●

오래전 한 라디오 채널에서 '동해에서 고등어를 많이 잡으려면 산에 나무를 심어라'라는 캐치프레이즈를 내건 캠페인 방송을 들은 적이 있다. 동해의 깊은 바다 속과 육지의 산은 서로 멀리 떨어져 있어 아무 상관없는 것처럼 보이지만, 결국은 하나의 연결된 생태계이므로 어느 한쪽이 훼손되면 다른 쪽도 훼손될 수밖에 없다는 인식이 담긴 주장이었다. 북극곰의 멸종 위기도 같은 맥락에서 이해가 가능하다. 이는 북극 지역 자체만의 문제라기보다 전 지구적인 환경 변화로 인해 발생하는 문제다. 그 위기의 끝에 인류의 생존 역시 달려 있음은 말할 것도 없겠다.

이런 맥락에서 '하나의 생명one life'이라는 이론을 주장했던 19세기 낭만주의 시인 새뮤얼 콜리지의 발상은 가히 선견지명이라고 할 만한다. 낭만주의 시대에 시인은 시대를 앞서서 내다본다는 의미로 예언자라고 불렸는데, 실제로 그는 몇 세기 이후의 일을 예견한 것이다. 〈에올리언 하프〉는 그가 주창한 '하나의 생명' 이론이 잘 드러난 작품이다. 여기서 시의 일부를 소개하고자 한다.

에올리언 하프

생각에 잠긴 나의 사라여!

이렇게 내 팔에 그대의 부드러운 빰을 기댄 채,

흰 꽃이 핀 재스민과 잎이 넓은 도금양으로 무성한

(순수와 사랑을 상징하는 그 꽃들에 잘 어울리는 모습이오!)

우리 시골집 옆에 앉아서,

석양빛으로 짙게 물든 구름이 주변을 서서히 슬프게 하고,

고요하게 찬란한(지혜가 그렇듯이) 저녁 별이

반대편에서 빛나는 것을 바라보니,

얼마나 마음이 평온해지는지 모르겠소!

저쪽 콩밭에서 날아오는 향기는 향기롭고,

세상은 참으로 고요하오!

먼 바다의 작은 속삭임이 우리에게 고요에 대해 말해주는구려!

창틀에 세로로 놓인 아주 단순한 이 루트 소리를 들어봐요!

제멋대로 부는 바람에 애무되어,

마치 연인에게 반쯤 허락하는 어떤 수줍은 처녀처럼,

잘못을 반복하도록 부추기듯이,

그것은 달콤한 꾸짖음을 쏟아내고 있소!

이제 그 현이 더 세게 쓸리어,

상쾌하게 부는 바람에 따라

길게 이어지는 소리가 낮아졌다 높아졌다 하고 있소.

요정의 나라에서 부는 부드러운 바람을 타고

저녁 여행길에 오를 때

황혼의 요정들이 내는 그런 은은하게 떠다니는 마법의 소리 같소.

그 나라에는 꿀이 떨어지는 꽃들 주변에서

낙원의 새들처럼 멈추거나, 앉지도 않고,

다리가 없는 야생의 멜로디가

길들여지지 않은 날갯짓을 하며 떠다닌다오!

오! 모든 움직임을 만나고 그 움직임의 영혼이 되는

우리 내부와 외부에 존재하는 하나의 생명이여!

그것은 소리 안의 빛이요, 빛 안의 소리 같은 힘,

모든 생각 안에 있는 리듬이요, 모든 곳에 있는 기쁨이다.

이렇게 가득 찬 이 세상에 존재하는 모든 것을

사랑하지 않는 것은 아마 불가능할 것이오.

이 세상에서 바람은 지저귀고,

소리 없는 고요한 공기는

그 하프에서 잠자고 있는 음악이오

(하략)

The Eolian Harp

My pensive Sara! thy soft cheek reclined
Thus on mine arm, most soothing sweet it is
To sit beside our Cot, our Cot o'ergrown
With white-flowered Jasmin, and the broad-leaved Myrtle,
(Meet emblems they of Innocence and Love!)
And watch the clouds, that late were rich with light,
Slow saddening round, and mark the star of eve
Serenely brilliant(such would Wisdom be)
Shine opposite! How exquisite the scents
Snatched from yon bean-field! and the world so hushed!
The stilly murmur of the distant Sea
Tells us of silence.

And that simplest Lute,
Placed length-ways in the clasping casement, hark!
How by the desultory breeze caressed,
Like some coy maid half yielding to her lover,

It pours such sweet upbraiding, as must needs
Tempt to repeat the wrong! And now, its strings
Boldlier swept, the long sequacious notes
Over delicious surges sink and rise,
Such a soft floating witchery of sound
As twilight Elfins make, when they at eve
Voyage on gentle gales from Fairy-Land,
Where Melodies round honey-dropping flowers,
Footless and wild, like birds of Paradise,
Nor pause, nor perch, hovering on untamed wing!
O! the one Life within us and abroad,
Which meets all motion and becomes its soul,
A light in sound, a sound-like power in light,
Rhythm in all thought, and joyance everywhere—
Methinks, it should have been impossible
Not to love all things in a world so filled;
Where the breeze warbles, and the mute still air
Is Music slumbering on her instrument.

(…)

에올리언 하프는 그리스 신화에 나오는 바람의 신 아이올로스
Aiolos에서 그 이름이 유래했다. 바람이 울림통에 닿으면 현이 울려
서 저절로 소리가 나는 악기다. 자연의 바람이 부는 대로 소리를 내
니 마치 천상의 소리처럼 신비로운 느낌이 든다. 바람과의 섬세한

접촉으로 에올리언 하프가 연주되는 것을 두고 수줍은 처녀의 모습에 비유하는 대목에서 그의 예리한 시적 감각이 느껴진다. 에올리언 하프는 또한 바람에 의존해서 연주되는 악기이므로 매우 수동적이라고 볼 수도 있다. 이와 같은 수동성은 앞서 언급했던, 워즈워스의 "현명한 수동성"과도 그 맥락이 이어진다. 낭만주의 시인들은 시인이 에올리언 하프와 유사하다고 생각했다. 뮤즈, 상상력 혹은 그것을 무엇이라 부르든지 간에 자신의 의지로 시를 쓸 수 있는 것이 아니라, 외부적인 영감에 의해서 시를 쓸 수 있다고 그들은 믿었다. 그래서 낭만주의 시에서 바람은 종종 시적 영감을 상징하며, 시인들은 그 바람을 열망하기도 했다.

첫 소절에서 시인은 신혼의 아내 사라에게 말을 건네며 운을 뗀다. 석양이 지는 브리스틀Bristol 근처 바닷가는 사위가 모두 조용하여 먼 바다의 파도 소리가 들릴 정도다. 이를 두고 시인은 먼 바다가 고요에 대해서 말한다고 표현한다. 또한 하프의 멜로디 소리를 낙원에 사는 다리가 없는 전설적인 새의 이미지와 연결시켜 환상적인 분위기를 자아낸다.

콜리지는 이 시에서 '하나의 생명'이라는 이론을 주장한다. 그것은 자연에 존재하는 모든 생물체가 결국 하나라는 것이다. 바람이 에올리언 하프를 연주할 때, 그 바람의 흐름을 만드는 공기가 결국 음악을 만들어내는 근원으로 작용한다. 콜리지는 자연에 존재하는 모든 생명체는 그 형태가 각각 다르지만 저마다 하나의 에올리언 하프라고 보았다. 서로 분리된 개별적인 존재처럼 보이지만, 모든 존재는 바람과 공기의 영향을 받아 소리를 내는 에올리언 하프처럼 서로가 서로에게 영향을 끼친다. 이런 점에서 자연 전체가 하나의 생명인 것이다.

19세기 말 영국의 작가 체스터턴이 제시하는 독특한 자연관을 살펴보면 낭만주의 시인들을 이해하는 데 도움이 될 것 같아 잠깐 소개할까 한다. 체스터턴은 인간이 자연으로부터 어떤 법칙을 찾아 필연성을 부여하려고 하기 때문에 자연의 신비로움을 느끼지 못하고 살아간다고 생각했다. 가령, 동화에서 한 마녀가 "나팔을 불면 도깨비의 성이 무너질 것이다"라고 말할 때는 '나팔을 부는 것'과 '성이 무너지는 것' 사이의 필연성을 따지지 않지만, "사과나무를 치면 사과가 떨어질 것이다"라는 말에서 과학자는 필연성을 찾으려 한다는 것이다. 하지만 이 두 가지 경우 모두 필연성이 없기는 마찬가지라는 것이 그의 주장이다. 풀어서 설명하면, 과학자는 반복적으로 발생하는 것을 귀납적인 방식으로 보아 사과가 떨어지는 것은 필연적인 현상이라고 보지만 사실 중력은 필연적이지 않다는 말이다. 실제로 달이나 화성에는 지구와 같은 중력이 없지 않은가.

체스터턴은 신데렐라 이야기에서 쥐가 말로 변하는 것이 마법이라면, 자연에서 알이 새로 변하는 것도 마법이라고 본다. 우리는 이것이 반복된 일이기에 너무나 당연하다고 생각하지만 필연적인 현상이 아니라는 말이다. 우리는 북극의 오로라를 보면 신기해하며 마법 같다고 느낀다. 하지만 체스터턴은 나무에 열매가 맺히는 것도 마법이고, 물이 아래로 흐르는 것도 마법이고, 석양의 아름다운 모습도 마법이라고 보았다. 실로 그렇지 않은가! 한여름을 위해 17년의 세월을 땅속에서 보내는 매미, 먹이가 없는 겨울에는 알아서 긴 잠을 자는 곰, 배 속에 전구를 달고 불을 밝히는 반딧불이, GPS도 없이 수만 리를 날아갔다 되돌아오는 철새들을 보라. 온갖 역경을 딛고 바다에서 거꾸로 강 상류로 올라가 알을 낳고 숨을 거두는 연어를 보면 숭고한 느낌마저 든다. 만약 외계인이 어느 겨울에 죽은 듯이 앙상하게 헐벗은 나무들을 보고 나서 이듬해 여름에 다시 지구를 방문했다고 상상해보라! 푸른 잎이 무성한 나무들을 보고 놀라움을 금치 못할 것이다. 그리고 이렇게 외칠 것이다. '이것은 마법이다!'

콜리지는 자연현상이 필연이 아니라 마법으로 가득 차 벌어지는 일이라고 보았기에 이런 시를 썼을 것이다. 모든 자연의 생명체들은 서로 유기적으로 연결되어서 하나의 생명과 같다는 그의 사상에 필연성이 끼어들 자리는 없어 보인다. 그는 〈에올리언 하프〉에서 엄청나게 거대한 자연이 유기적으로 조화롭게 운영되는 것을 보고 감탄한다. 하지만 필연성을 찾으려는 분석적인 눈으로는 절대 그런 신비로움을 발견할 수 없을 것이다.

인간이 스스로를 '만물의 영장'이라 부르는 호칭에는 인간 중심적인 세계관이 녹아 있다. 그것은 자연 만물을 인간의 목적에 맞춰

정복하고 개발할 수 있다고 믿는 사람들의 시각일 뿐이다. 콜리지를 비롯한 19세기 낭만주의자들은 이런 태도에 저항했다. 이들에게 자연은 신비로운 존재이자, 사람과 교류하는 존재였다. 인간이 유발한 자연 훼손과 지구 온난화로 인해 갖가지 자연 재해가 발생하고 있는 걸 보노라면 자연이 자신을 향해 광포한 이성의 칼을 휘두른 인간에게 그 대가를 치르게 하는 것은 아닌가 싶다.

내 마음 알아주는 이는
오직 자연뿐이니

●

샬롯 스미스Charlotte Smith는 18세기 중반부터 19세기 초반까지 활동한 영국의 시인이자 소설가다. 당대 많은 여성들의 삶이 그러했듯이 그녀 역시 평탄하고 행복한 인생을 살지 못했다. 그녀의 아버지는 그녀가 열여섯 살 때 동인도의 부유한 상인과 강제로 결혼시켰는데, 그녀는 후일 자신의 결혼을 '합법적인 매춘 행위'라고 표현했다. 결혼 후 그녀는 열두 명의 아이를 낳아 길렀는데, 낭비가 심한 남편이 빚을 져 함께 투옥되기도 했다. 빚쟁이들을 피해서 프랑스로 남편이 도망간 후에는 그녀 혼자서 아이들을 키워야 했다. 그녀는 생계유지를 위해 글을 쓰기 시작해 시인이자 소설가로서 당대에 상당한 인기를 끌었다. 그녀의 작품 세계는 워즈워스와 콜리지에게

도 영향을 끼쳤다. 다음에 소개하는, 그녀의 시 두 편을 통해 우리는
당대 여성의 삶이 어떠했는지를 엿볼 수 있다.

달에게

활처럼 둥근 은빛 여왕이여!
홀로 수심에 잠긴 나는
그대의 창백한 빛을 쬐며
시냇물에 흔들리는 그대의 그림자를 바라보며 산책하고,
그대를 가로질러 떠다니는 구름을 쳐다보길 좋아한다네.
내가 바라보노라면,
그대의 부드럽고 온화한 빛은
이 상심에 빠진 가슴에 부드러운 평온을 떨어뜨린다.
밤의 아름다운 천체여,
나는 비참한 사람들이 그대에게서 쉬고 있을 거라고 생각한다네.
이 세상에서 고통을 겪은 사람들이 죽음으로 해방되어
그대의 인자한 나라로 갈 것이라고,
절망과 불행에 시달린 슬픈 어린아이들이 그대 안에서
이곳에서의 슬픔의 잔을 잊어버릴 것이라고,
오! 이 고생스런 지상의 가련하고 지친 순례자인 나도,
어서 그대의 평온한 나라로 갔더라면 좋으련만!

To the Moon

Queen of the silver bow!--by thy pale beam
Alone and pensive, I delight to stray,
And watch thy shadow trembling in the stream,
Or mark the floating clouds that cross thy way.
And while I gaze, thy mild and placid light
Sheds a soft calm upon my troubled breast;
And oft I think--fair planet of the night--
That in thy orb, the wretched may have rest:
The sufferers of the earth perhaps may go,
Released by Death--to thy benignant sphere,
And the sad children of Despair and Woe
Forget, in thee, their cup of sorrow here.
Oh! that I soon may reach thy world serene,
Poor wearied pilgrim--in this toiling scene!

밤에게

슬픔에 잠긴 애절한 밤이여,
나는 그대를 사랑한다네!
구름에 가려지고 이울어진
희미한 달이
창백하고 흐릿한 빛을 내며
산란한 바닷물 위에 떠 있는 지금.

깊은 상심에 빠진 연약한 마음은

귀먹은 차가운 밤에게 하소연하고,

시무룩한 파도와 보이지 않는 바람에게

헛된 줄 알면서도 가슴에 맺힌 슬픔을 이야기한다네.

비록 그대의 어두운 가슴에서 위안을 찾지 못할지라도,

그대가 침울할지라도

여전히 나는 그대를 좋아한다네.

지친 이 가슴은

그대의 고요한 어둠 속에서

비참하지만 평온하고, 희망이 없지만 초연하다네.

바람과 파도에게 전한 이 슬픔을

지상에서는 듣는 이 없지만

하늘은 들어주기를 기원하노라!

To Night

I love thee, mournful, sober-suited Night!
When the faint moon, yet lingering in her wane.
And veil'd in clouds, with pale uncertain light
Hangs o'er the waters of the restless main.
In deep depression sunk, the enfeebled mind
Will to the deaf cold elements complain,
And tell the embosom'd grief, however vain,

To sullen surges and the viewless wind.

Tho' no repose on that dark breast I find,

I still enjoy thee—cheerless as thou art;

For in thy quiet gloom the exhausted heart

Is calm, tho' wretched; hopeless, yet resign'd.

While to the winds and waves its sorrows given,

May reach—tho' lost on earth—the ear of Heaven!

두 작품은 소네트 형식의 짧은 시 안에 당시 여성들의 삶을 여실히 녹여낸 것이 특징이다. 달빛이 "창백하게" 느껴지는 것은 보는 사람이 심리적으로 창백한 상태에 있기 때문일 것이다. "혼자서 사색에 잠겨" 산책하기를 좋아한다는 표현에서는 당시 여성들에게는 낮에 홀로 사색에 잠기는 여유조차 허용되지 않았음을 짐작하게 한다. 그 시절 여성들에게는 혼자만의 시간이 허락되지 않았다. 여성은 남편을 비롯한 가족들을 돌보거나 그렇지 않은 시간에는 주변 사람들과 사교를 나눠야만 했다(직업을 갖지 않은 여성들의 경우). 버지니아 울프Virginia Woolf가 말했던 "자기만의 방"은 꿈같은 일이었다. 이 시의 화자는 모두가 잠든 시간이 되어서야 모처럼만에 혼자만의 시간을 만끽한다. 창백한 달빛만이 사방에 가득한 그 시간은 더 이상 남을 의식할 필요가 없는 자신만을 위한 시간이다.

적막하고 고요한 밤하늘에 떠 있는 달을 바라보노라면 평온함을 느끼게 된다. 그래서일까? 화자는 자신의 "상심에 빠진 가슴"에 평온함을 주는 달을 예찬한다. 불행한 삶을 살다 죽은 사람들은 달나라에 가서 안식을 취하고, 또 슬픔에 잠긴 아이들이 죽어서 달나라에 가면 그 고통을 잊을 것이라고 시의 화자는 말한다. 그리고 그녀 자신도 이 고생스러운 삶을 떠나 어서 달나라로 가고 싶다고 기원한다.

〈밤에게〉에서도 〈달에게〉와 비슷한 분위기가 느껴진다. 〈밤에게〉의 화자는 밤을 사랑한다고 노래한다. 그 이유는 무엇일까? 〈달에게〉서와 마찬가지로, 밤에는 모든 주변 사람들로부터 해방되어 혼자만의 시간을 가질 수 있기 때문 아닐까. 여성으로서 겪어야 하는 수많은 어려움들을 하소연하고 싶어도 화자의 주변에는 그 넋두리를 진심으로 들어줄 사람이 없다. 그래서 화자는 헛된 일인 줄 알면서도 파도에게 말하고 바람에게 말한다. 사람에게서 위안을 찾을 수 없으니 화자는 자신의 답답한 속내를 자연에게 털어놓는 것이다. "희망은 없지만" 체념하지 않고 파도와 바람에게 말하고, 나중에는 혹시라도 하느님이 들어주시지 않을까 기대해본다. 오죽 답답했으면 말을 들을 수 없는 자연에게 자신의 처지를 하소연했을까. 그만큼 시의 화자가 처한 현실이 절망적임을 암시한다.

샬롯 스미스의 두 작품에 나타난 자연은 남성 시인들의 시에 나타난 자연과는 그 역할이 다르다. 〈달에게〉, 〈밤에게〉의 화자는 자연으로부터 숭고한 미를 찾지도 않고, 자연의 생명력을 느끼게 하는 감수성에 대해서 논하지도 않는다. 이 여성들에게 자연은 형이

상학적인 존재가 아니라 현실적인 존재다. 그들에게 자연은 실질적으로 위안을 줄 수 있는 친구 같은 존재로 묘사된다. 다시 말해, 자연은 당대 여성 시인들에게 철학적 유희의 대상이 아니라 생존을 위해 필요한 심리적 안식처였다.

9. 고독, '혼자됨'의 의미를 재발견하다

지난 시절의 아름다운 기억을 동력으로 삼아

지금을 이끌어나갈 힘을 재충전하고자 한다면,

잠시나마 무리에서 벗어나

혼자만의 시간을 가져보는 것은 어떨까.

누구의 방해도 없이

과거의 추억이 지금 여기의 행복으로

다시 되살아나 감각되는 순간,

당신의 몸과 마음은 이내 충만해질 것이다.

그것이 고독이 우리에게 주는 선물이다.

고독이 주는 기쁨

영국의 봄 하면 가장 먼저 떠오르는 꽃은 수선화다. 우리나라의 개나리처럼, 봄이 되면 영국 시골 들판 이곳저곳에 흐드러지게 핀 수선화가 장관을 이룬다. 수선화는 개나리와 달리 넓은 곳에 무리를 지어 핀다. 다음에 나오는 작품은 워즈워스가 호숫가를 거닐다가 군락을 이루며 피어 있는 수선화를 보고 쓴 시다.

나는 구름처럼 한가로이 홀로 거닐었네

나는 계곡과 언덕 위로 높이 떠다니는 구름처럼
한가로이 홀로 거닐었네.

그러다가 금빛 수선화 무리가

갑자기 한눈에 들어왔지.

호숫가 옆, 나무들 아래,

바람에 살랑거리며 춤을 추고 있었네.

은하수의 반짝거리며 빛나는 별들처럼 이어진

그 꽃들은 호숫가를 따라

끊임없이 펼쳐져 있었네.

활기차게 춤추듯 머리를 흔드는

수천 송이의 수선화를 한눈에 보았지.

그 옆에서 호수 물결도 춤을 추었지만,

그 꽃들은 반짝이는 물결보다 더 큰 기쁨을 주었지.

그런 명랑한 무리들과 함께 있으니,

시인이 어찌 즐겁지 않으리.

나는 보고 또 보았네,

그 광경이 나에게 얼마나 큰 희열을 가져올지 모른 채.

공허하거나 수심에 찬 기분으로

내가 의자에 앉아 있을 때면,

그 꽃들은 종종 고독의 기쁨인

마음의 눈에 아른거린다네.
그러면 내 가슴은 기쁨에 넘쳐,
그 수선화들과 함께 춤을 춘다네.

I wandered lonely as a cloud

I wandered lonely as a cloud
That floats on high o'er vales and hills,
When all at once I saw a crowd,
A host, of golden daffodils;
Beside the lake, beneath the trees,
Fluttering and dancing in the breeze.

Continuous as the stars that shine
And twinkle on the milky way,
They stretched in never-ending line
Along the margin of a bay:
Ten thousand saw I at a glance,
Tossing their heads in sprightly dance.

The waves beside them danced; but they
Out-did the sparkling waves in glee:
A poet could not but be gay,
In such a jocund company:
I gazed—and gazed—but little thought
What wealth the show to me had brought:

For oft, when on my couch I lie
In vacant or in pensive mood,
They flash upon that inward eye
Which is the bliss of solitude;
And then my heart with pleasure fills,
And dances with the daffodils.

이 시에서 시인은 혼자 길을 걷는 중이다. 시의 원제에서 "lonely"는 '외롭다'는 의미가 아니라 '홀로'의 의미로 보아야 한다. 화자는 하늘을 유유히 흘러가는 구름을 외로운 존재로 보지 않고, 자유로운 존재로 보고 있기 때문이다.

낭만주의 시인들에게 고독은 세속적 가치관이나 사회적 관습으로부터 벗어나 자신만의 세계를 펼칠 수 있는 심리적 공간이었다. 그래서 이들은 사회적으로 고립되기를 스스로 자청하기도 했다. 자발적으로 외로움을 선택했다고나 할까? 워즈워스(와 그의 시 속 화자) 역시 사회의 속박에서 벗어나 자연 속을 자유로이 거닐고 여유를 느끼면서 고독을 즐기는 중이다.

이 시의 원제에 나오는 "wander"도 나는 조금 다른 의미로 해석한다. 이 단어를 '헤매다'나 '방랑하다'로 번역하는 경우를 종종 보곤 하는데, 워즈워스는 자신이 살던 호반 지역을 발길 닿는 대로 도보 여행하는 것을 좋아했던 사람이다. 그래서 나는 이 단어의 의미를 '거닐다'로 해석해야 적절하다고 본다. 그는 구름에 달 가듯이 유유

자적하며 하이킹을 했으니 그런 문맥에서 번역해야 옳다.

번역 얘기가 나온 김에 한마디만 더 하겠다. 예전에 정치적으로 민감한 상황이었을 때의 일이다. 어느 정치인이 사실을 왜곡하기 위해서 'regular'를 '종종'으로 번역했다며, 사전에도 없는 의미로 번역했다고 비난한 기사를 읽은 적이 있다. 하지만 언론의 비판과는 달리 'regular'는 '종종'이라는 의미로도 쓰인다. 이처럼 영한사전에만 의존하면 오역이 나기 일쑤다.

또 다른 사례도 있다.

트럼프 전 대통령이 김정은과의 정상회담을 'fantastic'이라고 말한 것을 두고 언론에서는 '환상적'이라고 번역했다. 젊은이들의 파티라면 모를까. 어떻게 정상회담이 '환상적'일 수가 있는가? 여기서의 'fantastic'은 'fantasy'의 의미와는 상관없고, '훌륭하다'는 의미를 강조한 것이다. 마찬가지로 'dramatic change'는 '극적인 변화'가 아니라 '급격한 변화'로 번역해야 옳다.

우리는 'tragic'을 너무 당연하게 '비극적'이라고 번역하는데, 슬픔의 강도를 따지자면 영어의 'tragic'이 훨씬 강하므로 '비극적'이라는 우리말과 의미가 같지 않다. 가령, 가족이 죽었을 때 영어로는 'tragic'이라고 표현하지만, 우리는 그런 상황을 '비극적'이라고 표현하지 않는다.

번역 얘기를 하면 끝이 없으니, 이쯤에서 다시 시 이야기로 돌아가자.

시인은 홀로 길을 거닐다가 우연히 발견한 호숫가의 수선화 군집을 보고 감격한다. 여기서 주목할 부분이 있다. 3연에서 그 광경이 시의 화자에게 '희열'을 주었다는 내용의 의미다. 이 부분의 뜻을 온전히 파악하기 위해서는 4연을 유심히 읽어야 한다. 자세히 보면 4연은 3연까지의 서술과는 달리 과거 시점이 아니라 현재 시점으로 쓰였다. 즉, 화자는 과거에 보았던 수선화를 회상하며, 현재에 그때의 행복과 환희를 다시금 느끼고 있다.

워즈워스는 시인이 "고요함에서 회상되는 감정emotion recollected in tranquility"으로부터 시를 쓴다고 말했다. 과거의 경험을 지금 여기에서 생생히 회상하려면 주변은 아무런 자극 없이 고요해야 한다. 시인은 홀로 적요한 상태가 되었을 때 솟아오르는 감정을 비로소 시로 쓸 수 있다.

워즈워스는 그것을 "고독의 기쁨"이라고 표현했다. 수선화를 목격했을 당시에는 그 기쁨이 지속되리라는 사실을 몰랐지만, 시인이 경험한 인상적인 장면은 "마음의 눈"에 계속 남아 있어 시간이 흐른 후에도 시인에게 큰 희열을 건넨다.

이런 "고독의 기쁨"은 비단 워즈워스만 느끼는 것은 아니다. 과거에 경험했던 잊을 수 없는 추억은 세월이 지나도 우리의 마음속 깊은 곳에 남아 오래도록 위안을 주지 않는가. 그 기억은 어린 시절의 경험일 수도, 어느 여행에서 느꼈던 감흥일 수도, 첫사랑의 아릿한 추억일 수도 있다.

지난 시절의 아름다운 기억을 동력으로 삼아 지금을 이끌어나 갈 힘을 재충전하고자 한다면, 잠시나마 무리 속을 벗어나 혼자만의 시간을 가져보는 것은 어떨까. 누구의 방해도 없이 과거의 추억이 지금 여기의 행복으로 다시 되살아나 감각되는 순간, 당신의 몸과 마음은 이내 충만해질 것이다. 그것이 고독이 우리에게 주는 선물이다.

들판은 나의 서재,
자연은 나의 책

●

19세기 영국 중상류층에게 사교는 중요한 생활의 일부였다. 당시의 사교는 단순히 친구를 만나 교류하는 수준이 아니라, 자신의 사회적 지위를 공고히 하기 위한 필수 요소였다. 얼마나 사교 활동을 잘했는가에 따라 사회적 평판이 결정되던 시대였다. 차tea가 생산되지 않는 영국이 차로 유명한 나라가 된 이유는 바로 이 사교를 위한 차 문화가 발달했기 때문이다.

이런 시대에 집 안에서 다과와 차를 나누며 젠체하는 대화를 나누기보다 자연 속을 여행하며 고독을 곱씹는 즐거움을 예찬한 인물이 있다. 바로 낭만주의 시대의 수필가 윌리엄 해즐릿William Hazlitt이다. 여기에서는 그의 수필 〈여행에 대하여〉의 일부를 함께 읽어볼까 한다. 흥미로운 건 여행에 대한 그의 생각이 오늘날 우리가 하는 대부분의 생각과는 많이 다르다는 점이다.

세상에서 가장 즐거운 일은 여행을 가는 것이다. 그런데 나는 혼자 가는 것이 좋다. 방에 있을 때에는 사람을 만나는 것이 즐거울 수 있다. 하지만 야외에서 친구는 자연으로 충분하다. 자연에 있으면 혼자 있어도 외롭지 않다. "들판이 서재요, 자연이 책이다." 대화하면서 동시에 걷는 것에 무슨 좋은 점이 있는지 모르겠다. 나는 시골에 있을 때에는 식물처럼 가만히 있고 싶다. 남의 집 담장이 어떤지, 남이 기르는 가축이 어떤지에 난 관심 없다.

도시와 도시에 관련된 모든 것을 잊어버리려고 나는 도시를 떠난다. 도시를 잊으려고 휴양지에 가는 사람들이 있는데, 거기에 가서도 도시를 떨치지 못하는 경우가 많다. 나는 고독 그 자체를 좋아한다. "고독이 좋구나"라고 말할 수 있는 친구도 나는 필요하지 않다.*

여행의 정신은 자유다. 원하는 대로 느끼고 생각하고 행동하는 완전한 자유다. 모든 불편함이나 제약으로부터 벗어나기 위해서, 다른 사람들로부터 벗어나서 혼자 있기 위해서, 우리는 여행을 떠난다. 내가 혼자되는 것에 대한 당황함 없이, 잠시 동안 도시를 벗어나려 하는 것은 사

---

* 고독을 좋아하지만, "한적한 자연으로 가서 고독이 좋구나라고 말할 수 있는 친구 하나는 있으면 좋겠다"라고 말한 시인 윌리엄 쿠퍼William Cowper의 말을 빗대어 말한 것이다.

소한 문제에 대해서도 사색할 수 있는 여유를 가져서 지혜의 날개를 펼치고 싶기 때문이다.

친구와 2인승 마차를 타고 틀에 박힌 이야기를 주고받는 일은 한 번쯤 그만두고 싶다. 머리 위에는 맑은 하늘, 발밑에는 푸른 잔디, 눈앞에 펼쳐진 굽은 길, 세 시간 걸으며 명상하고 나서의 저녁 식사! 이 자연에서 혼자 있으면 웃기도 하고, 뛰기도 하고, 깡충거리기도 하고, 노래도 한다. 뙤약볕에 항해하다 돌아와서 고국의 해변에 첨벙 뛰어드는 인도 사람처럼, 나는 저 떠다니는 구름을 보면서 내 과거에 뛰어들어 탐닉한다.

"침몰한 보물선처럼" 오랫동안 잊혔던 것들이 내 시야에 불현듯이 떠올라, 나는 느끼기 시작하고, 생각하기 시작하고, 다시 나 자신이 되기 시작한다. 멋진 말을 생각해내거나 상투적인 말로 깨뜨려야 하는 어색한 침묵과는 달리, 내 침묵은 그 자체가 많은 것을 표현하고 있는 마음의 평온한 침묵이다. 나는 누구 못지않게 동음이의어, 두운법, 대립, 논쟁, 분석하기를 좋아한다. 하지만 때로는 이런 것들을 피하고 싶다.

당신에게는 무가치한 일처럼 보이겠지만, 지금 나에게는 마음속으로부터 하고 싶은 것이다. 이 들장미는 말로 표현하지 않으면 아름답지 않은가? 에메랄드 색을 띤 들국화는 말로 표현해야만 마음에 감동을 주는가? 만일 내 마음에 쏙 드는 어떤 것을 설명하면, 당신은 단지 미소만 지을 것이다. 그러니 그것을 혼자 마음속에 간직한 채, 생각에 잠겨서 저 멀리 있는 언덕이나 수평선까지 걸어가는 편이 낫지 않겠는가? 가는 내내 나는 좋은 말동무는 못 될 것이니, 혼자 있는 것이 차라리 낫다.

사람들과 같이 있어도 갑자기 우울한 기분이 들 때면, 혼자서 걷든 말을 타든 백일몽에 빠져도 된다는 말을 들은 적이 있다. 하지만 이렇게 행동하면 예의에 어긋나고 다른 사람들을 무시한 것처럼 보여서, 다른 사람들과 합류해야 한다는 생각을 계속하게 될 것이다. 어중간한 것을 나는 좋아하지 않는다. 나에게 집중하든지, 아니면 다른 사람에게 집중하는 게 나는 좋다. 대화를 하든지 아니면 침묵하든지, 걷든지 아니면 가만히 앉아 있든지, 사람들과 친분을 나누든지 아니면 혼자 있든지. "식사와 함께 와인을 마시는 프랑스 관습은 좋지 않다. 영국 사람은 한 번에 한 가지만 해야 한다"는 코빗 씨Mr. Cobbett의 말에 나는 전적으로 동의한다. 나는 대화하면서 생각할 수 없고, 우울한 상념에 잠기면서 이따금씩 활발한 대화를 할 수 없다.

해즐릿이 자연에서의 고독을 지나치게 좋아하는 사람처럼 보인다면, 반대로 우리는 자연에서의 사교를 너무 좋아하는 듯하다. 내가 근무하는 대학 옆에는 남산이 있어서 여러 교수님들이 휴식처로 이용한다. 나도 비교적 한적한 해질 무렵 가끔 혼자서 그곳을 산책하곤 한다. 오가는 길에 친분 있는 교수님들을 만나기도 하는데, 만나는 사람들마다 나를 보고 "왜 혼자 오셨어요?"라고 묻는다. 혼자 온 것이 안쓰럽다는 표정으로 말이다. 그분들에게 혼자 있을 때 자연을 더 잘 느낄 수 있다는 해즐릿의 말을 전해주고 싶다.

예전에 광릉수목원을 갔는데, 방문객 중 친목 단체 회원들이 소란스럽게 떠드는 걸 본 적이 있다. 나무가 우거진 공기 좋은 수목원에서 만나면 건강에도 좋고 자연도 볼 수 있어 일석이조이라 그곳에서 단체 모임을 갖는 것 같다. 하지만 해즐릿이 제안했듯이, 내 생각에도 자연에서는 한 번에 한 가지만 하는 것이 괜찮지 않을까. 자연에만 오롯이 집중하기. 그래야만 자연을 제대로 느낄 수 있을 테니 말이다.

하지만 동시에 두 가지를 하려는 사람들이 많다. 두세 명 정도라면 그나마 괜찮을 텐데, 그보다 훨씬 많은 사람들이 무리로 와서 큰 소리로 웃고 떠들어대니 고요했던 수목원이 더 이상 고요하지 않았다. 왜 한적한 숲에 와서 그렇게 큰 소리로 떠들어야 할까? 맑은 공기를 마시며 건강을 챙기는 것은 좋지만, 자연의 고요함도 함께 챙기면 좋을 것 같다.

해즐릿이 충고했듯이, 자연을 제대로 느끼려면 우리는 침묵해야 한다. 지저귀는 새소리는 자연의 소리이지만, 사람들이 떠드는 소리는 인위적인 소리일 뿐이다. 자연도 우리에게 말하기보다는 사색하라고 가르치는 듯 묵묵히 존재하지 않는가. 침묵하고 귀를 열 때, 우리는 거대한 자연 앞에서 우주와 인생의 섭리를 겸허히 배우게 될 것이다.

우울의 그늘 속에 숨은
한 자락의 희망을 찾아서

●

영국은 비가 자주 오고 흐린 날이 많은 것으로 유명하다. 여름을 제외하고는 대체로 날씨가 우중충한 편이다. 늦가을부터 이른 봄까지는 어림잡아 오전 9시쯤이 되어야 날이 밝아지고 오후 3시면 사위가 금방 어둑어둑해지기 시작한다. 겨울에는 흐리거나 비가 오는 날이 더 많아 봄가을보다도 해를 보기가 쉽지 않다. 한마디로 우울증에 걸리기에 딱 좋은 기후다.

시대와 장소를 막론하고 우울한 상태를 좋아하는 사람은 별로 없을 것이다. 그럼에도 현대인들은 그 어느 때보다 우울함에 더 취약한 것 같다. 인간은 사교적인 동물이라고 하는데, 그래서인지 보통의 우리는 혼자보다는 여럿이 함께하기를 더 선호한다. 우울함이 엄습할 때 우리는 친구나 가족처럼 가까운 이에게 전화를 걸어 힘든 마음을 토로하거나 직접 만나서 술잔을 기울인다. 하지만 인생이 항상 즐거울 수만은 없을 테고, 항상 즐거운 인생이 과연 좋은 것인지도 의문이 든다.

영국의 소설가 올더스 헉슬리가 쓴 소설 《멋진 신세계》에는 고통이 존재하지 않는 세계가 등장한다. 이 세계는 인간이 겪을 수 있는 모든 종류의 불편함이 제거된 곳이다. 아이를 낳는 고통을 없애기 위해 모든 아이를 시험관에서 태어나게 하고, 가족 간의 책임으로 인한 불편함을 제거해 가족이라는 개념 자체가 없다. 남녀 간의 성교는 쾌락을 위한 수단에 지나지 않기에 사회는 문란한 생활을 방치하고 권장한다. 하지만 아이러니하게도 이런 이상 세계에 싫증을 느낀 주인공 존은 "불행할 권리"를 외친다. 존은 불행 없이 행복만 있는 삶은 진정한 인간의 삶이 아니라고 생각한다. 무병장수의 꿈이 실현되고, 인공지능이 우리의 생활을 편리하게 해주는 미래를 기대하고 있는 요즘의 우리가 한번쯤 생각해볼 만한 주제다.

19세기 낭만주의자들에게 우울은 오늘날 우리가 생각하는 것처럼 부정적으로 여겨야 하는 감정이 아니었다. 낭만주의 시인 키츠는 우울이 우리를 찾아온다면 그것을 단순히 거부하기보다는 그 우울함 속에서 인간의 감성을 성장시켜야 한다고 보았다. 그는 우울이 사색의 기회를 제공하여 인생이나 예술에서의 심미안을 가져온다고 생각했다.

우울에게 보내는 시

1

아니, 아니, 망각의 강으로 가려 하지 말아요,

독즙을 먹으려고 뿌리가 굳게 내린 독초를 따려 하지 말아요,

페르세포네*의 독이 든 진홍빛 열매가

그대의 창백한 이마를 입 맞추게 하지 말아요,

주목나무로 묵주를 만들지도 말고,

딱정벌레나 죽음의 나방이

그대의 애도하는 영혼**이 되게 하지 말아요,

털이 복실한 부엉이가

그대의 슬픔의 의식에 참여하지 못하게 하세요,

죽음의 그림자가 졸린 듯 다가와,

영혼의 깨어 있는 번민을 삼켜버릴 테니.

2

고개를 떨군 꽃들을 양육하고,

4월의 죽음의 장막으로 푸른 언덕을 가리는

눈물 흘리는 구름처럼

하늘에서 갑자기 우울이 내려오면,

아침에 피는 장미에서,

바닷가 모래 물결에 뜬 무지개에서,

둥근 작약의 풍성함에서,

그대의 슬픔을 만끽하세요,

그대의 애인이 몹시 화를 낸다면,

그녀의 부드러운 손을 꼭 잡고, 화내게 놔두세요,

그리고 그녀의 아름다운 눈을 그윽이 바라보세요.

3

우울은

죽어야 하는 미와,

작별 인사를 하려고 항상 입에 손을 대고 있는 환희와,

벌이 꿀을 빠는 동안에 독으로 변하는 고통스러운 기쁨과

공존합니다.

베일에 가려진 우울은

희열의 성전에 그녀의 성소를 가지고 있어요.

그 성소는

환희의 열매를 강한 혀로 입안에서 터뜨릴 수 있는

사람만이 볼 수 있으리.

그의 영혼은 우울의 권세의 슬픔을 맛볼 것이고,

걸려 있는 우울의 트로피들 가운데에 하나가 될 거예요.

Ode on Melancholy

1

No, no, go not to Lethe, neither twist
Wolf's-bane, tight-rooted, for its poisonous wine;
Nor suffer thy pale forehead to be kiss'd
By nightshade, ruby grape of Proserpine;
Make not your rosary of yew-berries,
Nor let the beetle, nor the death-moth be
Your mournful Psyche, nor the downy owl
A partner in your sorrow's mysteries;
For shade to shade will come too drowsily,
And drown the wakeful anguish of the soul.

2

But when the melancholy fit shall fall
Sudden from heaven like a weeping cloud,
That fosters the droop-headed flowers all,
And hides the green hill in an April shroud;
Then glut thy sorrow on a morning rose,
Or on the rainbow of the salt sand-wave,
Or on the wealth of globed peonies;
Or if thy mistress some rich anger shows,

Emprison her soft hand, and let her rave,
And feed deep, deep upon her peerless eyes.

3
She dwells with Beauty—Beauty that must die;
And Joy, whose hand is ever at his lips
Bidding adieu; and aching Pleasure nigh,
Turning to poison while the bee-mouth sips:
Ay, in the very temple of Delight
Veil'd Melancholy has her sovran shrine,
Though seen of none save him whose strenuous tongue

Can burst Joy's grape against his palate fine;
His soul shalt taste the sadness of her might,
And be among her cloudy trophies hung.

키츠는 스물여섯 살이라는 젊은 나이에 요절했다. 어려서 부모님을 모두 잃었고, 가난했으며, 일생을 우울함에 시달렸다. 우울증에 걸린 사람은 자살할 확률이 높다고 한다. 이를 잘 알았던 키츠는 이 시에서 우울이 찾아오면 자살을 생각하지 말라고 외친다. 〈1〉에서 여러 가지 독이 든 식물들을 나열하고 이런 것들을 찾지 말라고, 망각의 강에 가서 잊으려 하지도 말라고 말하는 메시지가 바로 그 의미를 함축하고 있다.

그렇다면 내면을 잠식하는 우울함을 어떻게 이겨낼 수 있을까?

키츠가 제시하는 처방은 '강렬함intensity'이다. 시에서는 이 단어가 직접적으로 등장하지는 않지만, 그가 시에서 제시하는, 우울함에서 빠져나오기 위한 방법은 순간적인 강렬함에 휩싸여 그 대상과 혼연일체가 되는 상황에 자신을 던지는 것이다. 이 개념은 그림을 예로 들면 쉽게 이해될 수 있을 것 같다. 여러분이 전시회에 갔다고 상상해보라. 거기에서 너무나 강렬한 느낌을 주는 그림을 하나 발견했다고 하자. 여러분은 그 순간 그림에 몰입하여 빠져들게 된다. 그래서 그 그림을 보고 있는 순간만큼은 세상의 모든 걱정을 잊게 된다. 그러니 우울한 일이 있을 때면 전시회에 가는 것도 좋을 것 같다. 그곳에서 당신의 마음을 사로잡아 순간적인 강렬함에 휩싸이게 만드는 작품을 만날 수 있을 테니까.

키츠는 마음을 파고드는 우울에 긍정적으로 대처하고자 한다. 우울은 하늘에서 갑자기 쏟아지는 소나기처럼 예고 없이 찾아든다. 그럴 때면 아침에만 피는 장미나 무지개나 작약과 같이 오래 지속되지 않는 존재로부터 강렬함을 느끼라는 것이 그의 충고다. 이런 맥락에서 보면 불 같이 화내는 연인의 눈동자도 아름다울 수 있다. 우울함은 곧 사라져버릴 환희와 공존한다. 기쁨이 항상 지속된다면 우울함을 맛보지 못할 것이기 때문이다. 역설적이게도 환희의 열매를 오래 간직하기보다 한순간에 터뜨려서 그 강렬함을 맛볼 수 있는 사람만이 진정한 우울함을 느낄 수 있다고 키츠는 역설한다. 가끔씩 찾아오는 우울이라면, 인간 삶의 한 부분으로 받아들이라고 말이다.

우리나라가 경제협력개발기구(OECD) 가입국 중에서 자살률이 높다고 한다. 그만큼 우울한 사람이 많기 때문일 것이다. 병마에 시달리며 젊은 나이에 세상을 떠나야 했던 키츠의 시는 삶의 난관에 대처하는 성숙함이 어떤 것인지 우리에게 일깨워준다. 우울이 삶을 잠식하더라도 그 안에 내재된 작지만 강렬한 빛을 찾아낼 줄 안다면 우리는 잠시 주저앉았던 그 자리에서 일어나 다시 생을 이끌어 갈 힘을 얻을 수 있을 것이다.

10. 아름다움의 발견,
우리가 삶을 살아가는 이유

시인 퍼시 비쉬 셸리는 삶을 살아가는 동안
'아름다움을 느낄 수 있는 능력'이 중요하다고 생각했다.
같은 상황을 바라보면서도
어떤 사람은 그 속에서 아름다움을 발견해내고,
또 어떤 사람은 그렇지 못하다.
아름다움은 저절로 눈에 들어오는 것이 아니라,
그것을 발견해내고자 노력하는 이의 눈동자에만
비로소 가닿는다.
그렇다면 아름다움은 어떻게 발견할 수 있을까?

보이지 않는 아름다움을
발견해낼 수 있는 눈이 있다면

●

요즘 영화나 텔레비전 방송의 성공 여부는 얼마나 재미있느냐가 결정하는 것 같다. 리얼리티 프로그램이 유행하게 된 이유도 각본에 따라 움직이기보다 실제 상황을 그대로 보여주는 편이 훨씬 재미있기 때문이다. 강연도 마찬가지다. 각종 강연의 성공 여부는 그 강연이 청중들에게 실질적으로 얼마나 도움이 되었느냐보다는 얼마나 재미있는가에 달려 있는 것 같다. 그래서일까? 전문 강연자들 중에는 코미디언보다 입담 좋은 사람들도 많다. 심지어 미국 대통령 선거 때 유권자들을 대상으로 후보의 어떤 부분이 중요하냐고 물었더니 후보자가 얼마나 농담을 잘하느냐가 중요하다고 응답한 비율이 높았다는 기사를 읽은 적도 있다. 물론 늘 유머를 잃지 않고 웃음 지을 수 있는 삶은 행복하다. 하지만 재미에만 빠져 있다 보면 인생에서 그보다 더 중요한 것을 놓칠 수도 있다.

영국 낭만주의를 대표하는 시인 퍼시 비쉬 셸리는 삶을 살아가는 동안 '아름다움을 느낄 수 있는 능력'이 중요하다고 생각했다. 같은 상황을 바라보면서도 어떤 사람은 그 속에서 아름다움을 발견해내고, 또 어떤 사람은 그렇지 못하다. 아름다움은 저절로 눈에 들어오는 것이 아니라, 그것을 발견해내고자 노력하는 이의 눈동자에만 비로소 가닿는다. 그렇다면 아름다움은 어떻게 발견할 수 있을까? 다음의 시에 그 실마리가 담겨 있다.

미의 영혼에게 보내는 찬가

어떤 보이지 않는 힘의 경이로운 그림자는
비록 보이지는 않지만 우리 가운데 떠다닌다.
그리고 꽃들 사이를 옮겨가는 여름날의 바람처럼
변덕스러운 날개로 온 세상을 방문한다.
소나무 산 뒤로 쏟아지는 달빛처럼,
그것은 모든 사람의 마음과 모습을
한순간의 빛으로 방문한다.
저녁의 색깔과 조화처럼,
별빛이 넓게 펼쳐진 구름처럼,

사라진 음악에 대한 기억처럼,

영화로움 때문에 소중한 것이

그 신비로움으로 더욱 소중해지는 어떤 것처럼.

그대가 비추는 모든 인간의 생각이나 형태를

그대만의 색채로 영화롭게 하는 미의 영혼이여,

그대는 어디로 가버렸는가?

그대는 왜 사라져서 눈물의 거대한 계곡 같은 우리의 현실을

공허하고 황량하게 내버려두었는가?

왜 저쪽 산속의 강물 위에 뜬 무지개는 영원하지 못할까?

왜 한번 탄생한 것은 시들고 사그라져야 하는가?

왜 공포와 꿈과 죽음과 탄생은 환한 이 지상에 어둠을 던져야 하

는가?

왜 사람에게는 사랑과 증오, 희망과 절망이 공존해야 하는가?

(중략)

오후가 지나면 날은 점점 엄숙해지고 평온해진다.

여름에는 들을 수도 없고 볼 수도 없는

조화로움이 가을에는 존재하고,

그 광채가 가을 하늘에 떠다닌다.

자연의 진리처럼 내 수동적인 젊은 시절에 찾아왔던

그대의 힘이

앞으로의 내 인생에,

그대와 그대를 지닌 모든 형태를 숭배하는 사람에게,

그 평온함을 주도록 기원하노라.

아름다운 영혼이여,

그대의 마법은

그 사람이 자신을 존중하고 온 인류를 사랑하게 한다.

Hymn to Intellectual Beauty

The awful shadow of some unseen Power

Floats though unseen among us; visiting

This various world with as inconstant wing

As summer winds that creep from flower to flower;

Like moonbeams that behind some piny mountain shower,

It visits with inconstant glance

Each human heart and countenance;

Like hues and harmonies of evening,

Like clouds in starlight widely spread,

Like memory of music fled,

Like aught that for its grace may be

Dear, and yet dearer for its mystery.

Spirit of BEAUTY, that dost consecrate
With thine own hues all thou dost shine upon
Of human thought or form, where art thou gone?
Why dost thou pass away and leave our state,
This dim vast vale of tears, vacant and desolate?
Ask why the sunlight not for ever
Weaves rainbows o'er yon mountain‑river,
Why aught should fail and fade that once is shown,
Why fear and dream and death and birth
Cast on the daylight of this earth
Such gloom,‑‑why man has such a scope
For love and hate, despondency and hope?

(···)

The day becomes more solemn and serene
When noon is past; there is a harmony
In autumn, and a lustre in its sky,
Which through the summer is not heard or seen,
As if it could not be, as if it had not been!
Thus let thy power, which like the truth
Of nature on my passive youth
Descended, to my onward life supply
Its calm,‑‑to one who worships thee,
And every form containing thee,
Whom, SPIRIT fair, thy spells did bind
To fear himself, and love all human kind.

이 시는 이상주의적인 셸리의 특징이 고스란히 드러나는 작품으로 그는 미에 영혼이 있는 것처럼 상상하여, 아름다움을 마치 그림자나 바람처럼 떠다니는 생명체처럼 표현했다. 서양 시인들이 시의 신 뮤즈에게 어서 와서 자신들에게 예술적 영감을 선사해달라고 간청했듯이, 셸리는 미의 영혼에게 어서 오라고 요청한다. 그 영혼이 당도하면 비로소 세상이 온통 아름답게 보일 것이기 때문이다. 그러나 "변덕스러운" 미의 영혼은 사람의 마음에 예기치 않게 찾아온다. 미의 영혼은 마치 황혼의 붉은빛처럼, 별빛이 어른거리는 구름처럼, 잊혀졌다 떠오르는 음악처럼, 불현듯 아주 짧은 순간 우리 곁에 신비롭게 깃든다.

그렇지만 미의 영혼을 영접했다 하더라도 그 상태를 지속적으로 간직할 수 없다는 것이 인간의 숙명적 한계다. 무지개가 오랫동안 떠 있지 않듯이, 우리의 젊음도 오래가지 못한다. 유한한 인간은 세월의 흐름을 이기지 못하고 끝내 속절없이 "시들고" 만다. 그렇게 끝이 정해진 우리의 짧은 인생이 항상 아름다울 수는 없다. 인생에는 사랑이나 희망만 있는 것이 아니라 증오와 절망도 존재하기 때문이다. 만일 영속적으로 미의 영혼을 지닐 수 있다면 온 세상이 달라질 것이라면서 시인은 그런 이상 세계를 꿈꾼다. 셸리는 우리 모두가 미를 소중히 여긴다면, 자기 자신뿐만 아니라 모든 사람을 사랑하게 될 것이라는 메시지로 시를 끝맺는다.

이 시에서 셸리가 언급한 아름다움은 외적인 아름다움보다 더 포괄적인 의미를 갖는다. 내가 이 시의 원제에서 '미'라고 번역한 단어는 "intellectual beauty"인데, 여기서 "intellectual"은 '지적이다'라는 의미보다 '감각을 초월한다'는 뜻에 가깝다. 즉, 아름다움을 느끼는 것은 단순히 인간의 시각이 아니라, 사물을 신성하거나 영화롭게 만드는 감성적 능력으로 가능한 것이다. 이 능력은 시에서 시인이 "보이지 않는 힘"이라고 표현했듯이, 시각(눈)이라는 감각으로는 포착되지 않는 아름다움을 느끼는 능력이다. 아름다운 꽃은 모든 사람의 눈에 아름다울 것이다. 하지만 아름답지 않은 대상으로부터 아름다움을 발견해내는 것은 눈이 아니라 마음으로 볼 때라야 가능하다.

오늘날 우리는 삶에서 아름다움을 발견하는 데 얼마나 관심을 두며 살고 있을까? 시인의 바람처럼 아무리 보잘것없는 존재라고 하더라도, 그것을 영화롭고 신비롭게 느낄 수 있게 하는 미의 영혼이 우리에게 잠시라도 깃든다면, 우리는 우리 삶에서 더 많은 아름다움을 발견할 수 있지 않을까?

인생은 짧지만 예술은 영원하다

●

과연 예술이라는 것은 우리 인생에서 얼마나 가치가 있는 것일까? 나는 키츠의 일생을 떠올릴 때마다 종종 이런 질문을 던지곤 한다. 키츠는 굉장히 기구한 삶을 살다 세상을 떠났다. 아버지는 말을 돌보는 일에 종사했는데, 키츠가 아홉 살일 때 말에서 떨어져 죽었다. 어머니는 열다섯 살 때 폐결핵으로 세상을 떠났다. 이후 폐결핵에 걸린 남동생을 간호하다가 키츠 자신도 폐결핵으로 사망했다.*

키츠의 일생을 떠올리면서 예술과 인생의 관계를 생각하게 되는 이유는 그의 선택 때문이다. 그는 수년 동안의 수련 과정을 거쳐 의

---

* 키츠의 생애와 그의 시 세계에 관심이 있다면 영화 〈브라이트 스타〉를 봐도 좋다.

사가 될 수 있는 자격을 거의 갖추었지만, 시인이 되려는 자신의 열망을 내려놓지 못했다. 경제적으로 안정된 삶을 포기하고 가난한 시인의 길을 선택한 것이다. 돈과 사회적 지위, 그리고 안정된 생활보다는 자기 안에 타오르던 예술적 열망을 따른 그의 결정은 '인생은 짧지만 예술은 영원하다'라는 명제의 생생한 사례다. 그가 남긴 작품들 중에 〈그리스 항아리에게 보내는 시〉는 시간의 벽을 뚫고서 그 가치가 고고히 빛나는 미와 예술에 대해 생각하게 하는 시다.

그리스 항아리에게 보내는 시

1

그대, 항상 고결한 고요함의 신부여,

그대, 침묵과 느린 시간이 양육한 아이여,

우리의 시보다 더 아름답게

꽃의 이야기를 말할 수 있는

숲의 역사가여,

템페나 아카디아의 계곡 같은 곳에서,

신인지 사람인지 아니면, 사람의 형상을 한 신인지 알 수 없는,

이들이 그려진 그대의 자태에

잎으로 장식된 어떤 전설이 드리워져 있는 것인가?

이들은 무슨 사람들인가? 아니면 무슨 신들인가?

거부하는 저 처녀들은 누구인가?

이 무슨 광란의 추격인가?

도망치려고 애쓰는 모습은 무엇인가?

무슨 피리이며 무슨 북인가?

이 무슨 격렬한 열광인가?

2

들리는 선율이 감미롭지만, 들리지 않는 선율은 더 감미롭다.

그러니 부드러운 피리들이여, 계속해서 불어다오.

육체의 귀가 아니라 이보다 더 소중한 영혼에게,

소리 없는 선율을 불어다오.

나무 아래 아름다운 젊은이여,

그대는 노래를 멈출 수 없고, 그 나무들도 헐벗지 않으리라.

용기 있는 연인이여,

그대는 여인에게 거의 다다랐지만 입맞춤할 수 없으리.

하지만 슬퍼하지 말지어다,

입맞춤은 못하더라도 그녀는 늙지 않을 것이니.

그대는 영원히 사랑할 것이고,

그녀는 영원히 아름다울 것이로다!

3

오, 행복하고도 행복한 나뭇가지들이여!

그 잎은 지지 않을 것이고, 봄에게 작별 인사도 하지 않으리라.

언제나 새로운 노래를 영원히 연주하는

지치지 않는 행복한 피리 부는 이여,

이 세상의 것보다 훨씬 더 행복하고도 행복한 사랑이여!

그 사랑은

영원히 따뜻하고, 영원히 나눌 수 있고,

영원히 숨이 가쁘고, 영원히 젊을 것이니.

그 사랑은

불타는 듯한 이마와 마른 혀,

그리고 슬픔에 잠기고 지친 마음을 남기는,

모든 숨 쉬는 인간의 열정을 초월한 것이니.

4

제물을 바치러 가는 이들은 누구인가?

오, 신비로운 성직자여,

꽃무늬 비단을 등에 두르고

하늘을 보고 우는 송아지를

그대는 무슨 푸른색 제단으로 데려가고 있는가?

강변인지 해변인지 그 옆으로

산 위에 평화로운 성곽을 두른

무슨 작은 마을이기에

이 경건한 아침에 사람들 없이 텅 비었는가?

작은 마을이여,

그 거리는 영원히 말이 없을 것이고,

왜 텅 비었는지 말하러 올 사람은 하나도 없으리라.

5

오, 아티카의 모습이여!

나뭇가지들과 발에 밟힌 풀들,

대리석의 남녀들로 장식된 아름다운 자태여!

침묵의 형체여,

그대는 영원이 그러듯이

생각이 미치지 못하는 우리를 괴롭히는구나.

차가운 목가여!

세월이 흘러 이 세대가 소실되어도

그대는

우리와는 다른 번민 가운데에서

사람의 친구로 남아 있으리라.

그리고 그대는 말하리라,

"아름다움이 진리이고, 진리가 아름다움이다."

이것이 이 세상에서 사는 모든 사람이 알아야 할 전부라고.

Ode on a Grecian Urn

1

Thou still unravish'd bride of quietness,
Thou foster-child of silence and slow time,
Sylvan historian, who canst thus express
A flowery tale more sweetly than our rhyme:
What leaf-fring'd legend haunts about thy shape
Of deities or mortals, or of both,
In Tempe or the dales of Arcady?
What men or gods are these? What maidens loth?
What mad pursuit? What struggle to escape?
What pipes and timbrels? What wild ecstasy?

2

Heard melodies are sweet, but those unheard
Are sweeter; therefore, ye soft pipes, play on;
Not to the sensual ear, but, more endear'd,
Pipe to the spirit ditties of no tone:
Fair youth, beneath the trees, thou canst not leave
Thy song, nor ever can those trees be bare;
Bold Lover, never, never canst thou kiss,
Though winning near the goal yet, do not grieve;
She cannot fade, though thou hast not thy bliss,
For ever wilt thou love, and she be fair!

3

Ah, happy, happy boughs! that cannot shed
Your leaves, nor ever bid the Spring adieu;
And, happy melodist, unwearied,
For ever piping songs for ever new;
More happy love! more happy, happy love!
For ever warm and still to be enjoy'd,
For ever panting, and for ever young;
All breathing human passion far above,
That leaves a heart high-sorrowful and cloy'd,
A burning forehead, and a parching tongue.

4

Who are these coming to the sacrifice?
To what green altar, O mysterious priest,
Lead'st thou that heifer lowing at the skies,
And all her silken flanks with garlands drest?
What little town by river or sea shore,
Or mountain-built with peaceful citadel,
Is emptied of this folk, this pious morn?
And, little town, thy streets for evermore
Will silent be; and not a soul to tell
Why thou art desolate, can e'er return.

5

O Attic shape! Fair attitude! with brede
Of marble men and maidens overwrought,

With forest branches and the trodden weed;
Thou, silent form, dost tease us out of thought
As doth eternity: Cold Pastoral!
When old age shall this generation waste,
Thou shalt remain, in midst of other woe
Than ours, a friend to man, to whom thou say'st,
"Beauty is truth, truth beauty,—that is all
Ye know on earth, and all ye need to know."

이 시는 영국의 대형 박물관에 가면 흔히 볼 수 있는 그리스 항아리를 소재로 한다. 그리스인들은 사람이 죽으면 화장한 재를 담아두기도 하는 등 항아리를 다용도로 활용했다. 이 시는 키츠가 고대의 유물인 항아리에 새겨진 그림을 감상하고 난 뒤 깊은 감동을 받아 창작한 작품이다.

〈1〉에서 키츠는 항아리를 "침묵과 느린 시간이 양육한 아이"라고 표현한다. 항아리를 만든 사람은 따로 있을 것이고, 고대에 만들어진 존재이니 느린 시간과 침묵으로 성장했다고 표현한 것 같다. 항아리 겉면에 그려진 그림은 실제로 말은 못하지만, 보는 이의 상상력을 자극하여 과거의 이야기를 말해주는 역사가와도 같다. 그림 속에 묘사된 세계는 너무도 신비로워서, 현세에 존재하는 시의 화자는 신기한 듯, 여러 질문을 던진다.

〈2〉에는 들리는 선율보다 들리지 않는 선율이 더 아름답다는 역

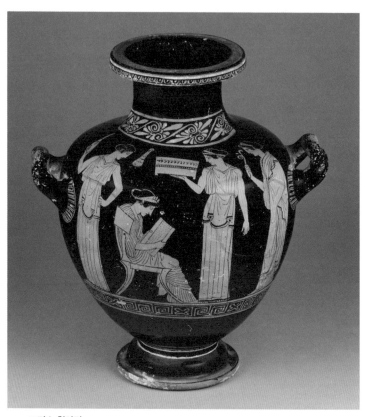

그리스 항아리

설적인 표현이 나온다. 아무리 아름다운 선율이라도 인간이 만든 것보다는 상상력으로 이상화된 선율이 더 아름다울 것이라는 말이다. 키츠가 보았던 그림에는 입맞춤을 하려고 여인에게 가깝게 다가간 남자의 모습이 있었던 모양이다. 입맞춤을 하지 못한 상태로 멈춰 있으니 슬플 수도 있겠지만, 그 아름다운 순간이 그림으로서 영원히 정지되어 보존될 것이니 슬퍼하지 말라고 화자는 말한다. 현실의 연인은 황홀한 입맞춤 뒤에 다툼과 이별을 경험하겠지만, 그림 속 연인들은 오랜 세월이 지나더라도 그 순간에 머무른 채 변하지 않는 사랑을 뽐낼 테니 말이다.

〈3〉에서는 "영원히forever"라는 단어가 여러 번 반복된다. 고달픈 삶을 살았던 시인은 고통이 존재하지 않는 세계를 동경했을 것이다. 현실의 사랑은 남녀 간의 논쟁으로 혀가 마르고 머리에 열이 나기 마련이다.* 얼마나 힘든 삶을 살았기에 키츠는 이토록 영원한 행복을 갈망하는 시를 썼을까 하는 생각이 든다. 〈4〉는 항아리의 다른 면에 그려진 모습을 묘사하고 있는데, 동화의 나라처럼 신비롭다. 그 세계에 대해서 설명할 수 있는 사람은 현세로 올 수 없으니, 그 상상의 세계와 현실과의 괴리감은 더욱 첨예화된다.

하지만 아무리 아름다움에 매혹되었다 한들 항아리의 이상적인

---

* "불타는 듯한 이마와 마른 혀"는 키츠가 간호했던 동생이 병에 걸린 모습을 묘사한 것이라고 해석하는 비평가도 있다.

세계에 계속 머물러 있을 수는 없다. 〈5〉에서 시인은 다시 현실로 돌아온다. 현실과 괴리된 상상 속 세계의 항아리는 이제 "차가운" 존재일 뿐이다. 하지만 시인은 항아리로부터 진리를 깨닫고 외친다. "아름다움이 진리"라고. 방에 걸린 멋진 그림이 우리에게 위안을 주듯이, 이 항아리도 시인에게 비슷한 역할을 하고 있다. 셸리가 미의 영혼을 추구했듯이, 키츠도 미의 가치를 소중하게 여겼다. 이 구절은 19세기 말 영국에 등장한 유미주의aestheticism를 떠올리게 한다. 유미주의는 예술이 도덕, 경제적 가치, 사회적 효용성 같은 세속적인 굴레에서 벗어나서, 아름다움이라는 숭고한 가치를 지향해야 한다고 믿는다.*

낭만주의 시인들은 왜 그렇게 '미'를 중요시했을까? 아름다움은 산업화가 한창이고 자본가가 지배했던 당시 영국 사회에서 찾아보기 어려운 것이었기 때문이다. 모든 것이 금전적 가치와 효율성에 의해 결정되는 세상에 신물이 난 그들은 그런 현실을 초월해 더욱 이상적인 세계에 가닿고 싶어했다. 물질주의적 가치가 존재하지 않는 '미'의 세계를 발견하고 감상하려는 것은 그런 사회에 대한 저항이기도 하다. 키츠는 예술 작품을 통해서 그런 현실에서 잠시나마 벗어나서 위안을 얻고자 했던 것이다.

---

* 미가 가장 중요하다고 생각했기에 '오직 유(唯)'자를 써서 유미주의라는 이름이 붙었다.

'미'가 중요하다는 사상은 오늘날 우리에게도 이어진다. 얼마 전에 한국정교회에서 온라인으로 가상 성화 전시회를 개최했는데, 그 제목이 '아름다움이 세상을 구원할 것이다'였다. 은유적인 표현이겠지만, 아름다움이 세상을 구원한다니, 기독교 교리를 벗어난 파격적인 주장으로 들린다. 초대교회의 전통을 충실하게 이어온 것으로 알려진 정교회에서 왜 이런 문장을 전시회 제목으로 사용했을까? 아름다움이 단순히 외적인 형상에서 그치는 것이 아니라, 신비로움을 느끼게 해주는 내적인 에너지가 된다는 의미로 쓰인 것 같다. 낭만주의 시인들도 아름다움이 우리에게 그런 위력을 끼칠 수 있다고 믿었던 게 아닐까?

11. 아, 덧없는 인생이여

수많은 별이 빛나는
밤하늘의 저 넓은 우주를 바라보노라면,
인간은 여전히 보잘것없는 존재에 불과하다.
인간의 무한한 능력을 믿는 것도 좋지만,
인간의 한계를 인정하는 태도도
필요한 이유다.

인간은 무엇으로 사는가?

●

　인생을 살다 보면 예상치 못한 슬픈 일들을 겪게 된다. 가령 수백
명의 승객을 실은 비행기가 알 수 없는 이유로 추락해 한순간에 많
은 이들이 목숨을 잃는 사건처럼 말이다. 이런 사건을 마주하면 우
리는 '왜 아무 잘못도 없는 수많은 사람들이 죽어야 할까?'라는 질
문에 봉착한다. 납득할 수 없는 죽음 앞에 서면 누구라도 그럴 것이
다. 산다는 건 뭘까? 죽음이란 뭐지? 신은 과연 존재하기나 하는 걸
까? 시인 알프레드 테니슨도 비슷한 질문을 던진다. 〈로터스 먹는
사람들〉은 3,000여 년 전 호메로스가 쓴 이야기에 빗대어서 테니슨
자신이 살았던 시대의 정서와 상황을 표현했다는 점에서 그의 천재
성이 돋보이는 작품이기도 하다.

로터스 먹는 사람들

"용기를 내라! 이 높은 파도는 우리를 곧 해안가로 데려갈 것이다."
그는 육지를 가리키며 말했다.
오후에 그들은 항상 오후인 것처럼 보이는 육지에 다다랐다.
지친 꿈을 꾸는 사람처럼 숨을 쉬는
나른한 대기는 해안가에 있는 모든 것을 덮쳤다.
계곡 위로 보름달이 떠 있었고,
아래로 내려가는 연기처럼,
가냘픈 시냇물은 절벽을 따라
흐르다, 멈추다, 다시 흐르는 것처럼 보였다.

(중략)

마법에 걸린 석양은 붉은 서쪽 하늘에 낮게 머물러 있었다.
산들 사이로 안쪽에 골짜기가 보였고,
그 노란 언덕은 야자수 나무들로 둘러싸여 있었고,
굽이치는 초원은 아로마 향내 나는 풀들로 뒤덮였다.
모든 것이 항상 정지되어 있는 것처럼 보이는 곳이었다!
붉은 석양을 뒤로 한 채, 창백하면서도 검게 탄 얼굴을 한
로터스를 먹는 우울한 사람들이 그 온화한 눈길을 던지며 뱃머리로

다가왔다.

그들은 꽃과 열매가 달린 마법의 가지들을 가져와 나눠주었다.

그것을 받아먹은 사람에게

멀리서 몰아치는 파도는 이국의 해변에서 탄식하며 울부짖는 것처럼 느껴졌다.

옆 사람의 말소리는 무덤에서 들리는 목소리처럼 가냘프게 들렸다.

깨어 있지만, 깊은 잠에 들어 있는 것처럼 느껴지고,

심장 뛰는 소리는 음악처럼 들렸다.

(중략)

선원들의 합창

세상의 모든 것들은 편하게 쉬고 있는데,

왜 우리만이 세상의 무게에 짓눌리고 깊은 번뇌에 시달려야 하는가?

왜 만물의 영장인 우리만이 힘들게 일해야 하는가?

슬픈 일이 끝나는가 싶으면 또 다른 슬픈 일이 생기는

슬픔의 연속이 우리의 인생이다.

우리의 날개를 접어 방랑을 멈추지 못하고,

잠의 신성한 향유에 우리의 이마를 담그지 못하고 있다.

(중략)

저 숲속을 보라!

싹이 돋는 나뭇잎은 아무런 수고 없이 바람결에 푸르게 자라지 않는가.

낮에는 햇빛을 받고 달빛을 받으며 밤이슬을 먹으며 자라다가,

노랗게 되어 낙엽이 되어 사뿐히 떨어지지 않는가.

보라!

여름날의 햇살을 받아 무르익은

저 싱그러운 사과는

적막한 가을밤이 되면 떨어지지 않는가.

적당한 때가 되면

비옥한 땅에 뿌리를 내린 꽃은

아무런 수고도 하지 않고

제자리에서 자라서 때가 되면 떨어지지 않는가.

(중략)

이 공허한 로터스의 나라에서 편안히 누워 살기로

우리는 맹세하노라,

마치 인간에게 무관심한 신들처럼.

신들은 신의 음료(넥타르)를 마시며 누워서 저 언덕 아래로 번갯불을 던진다.

하늘에서 신들은 버려진 땅을 내려다보며 몰래 미소 짓는다.

황폐와 기근, 역병과 지진, 몰아치는 파도와 타는 듯한 사막,

치열한 전투와 불타는 도시, 침몰하는 배와 기도하는 손이 있는

그곳.

하지만 인간들이 하늘로 보내는 한탄이 가득한 억울한 이야기들,

태고부터 이어진 비탄의 노래들을,

신들은 듣고도 미소를 지을 뿐이다,

절실하게 표현되었지만 별로 의미 없는 이야기들처럼.

푸대접을 받는 인간들인지라,

끊임없이 땅을 갈고 씨를 뿌리고 수확을 거두지만,

먹을 것은 항상 부족하다.

그래서 많은 사람들이 굶주리다 죽게 되고,

어떤 이들은 지옥에서 고통을 받고,

또 어떤 이들은 천국에서 지친 몸을 쉬게 된다고,

사람들은 속삭인다.

말할 나위도 없이,

일보다 잠이 훨씬 달콤하고,

파도와 바람과 싸우며 항해하는 것보다

이 해변이 훨씬 달콤하다.

오, 선원들이여, 편히들 쉬게나,

우리는 이제 더 이상 항해하지 않으리니.

테니슨은 트로이전쟁 영웅들을 다룬 호메로스의 《일리아스》와 《오디세이아》 속 이야기를 소재로 삼아 〈로터스를 먹는 사람들〉이라는 작품을 남겼다. 《일리아스》와 《오디세이아》는 기원전 12세기경에 발발했던 트로이전쟁을 둘러싼 이야기를 기원전 8~9세기쯤에 호메로스가 서사시로 재구성한 작품이다. 그러니까 테니슨은 약 3,000여 년 전의 이야기를 19세기의 상황과 연관 지어 또 다른 작품으로 탄생시킨 셈이다. 율리시스*는 트로이전쟁의 전장에서 10년을 보냈고, 다시 집으로 돌아오는 데 10년이 걸렸다. 이 서사시 속에서 모험은 인생을 은유하며, 율리시스는 어려운 역경에도 물러서지 않고 인간의 숭고한 목표를 위해 매진하는 인물을 표상한다.

율리시스와 선원들은 바다를 항해하다가 신비의 섬에 도착한다. 그 섬은 시간이 항상 나른한 오후에 멈춰 있는 듯하고, 모든 사물들이 정지되어 있는 듯한 느낌을 주는 곳이다. 그곳에는 "우울한 사람들이" 로터스를 먹으며 살고 있다. 그들은 섬에 당도한 율리시스 일행에게 로터스를 건넨다. 그런데 그들이 건네준 로터스를 먹고 나자 율리시스의 부하들은 출항을 거부한다.

로터스는 그리스 신화에 등장하는, 마약처럼 환각 성분이 있는 열매다. 끝없는 도전을 추구하는 인간의 원형이라 할 수 있는 율리시스는 어쩔 수 없다 하더라도, 평범한 선원들까지 굳이 고달픈 항

---

* 율리시스는 《오디세이아》의 주인공 오디세우스의 로마식 이름이다.

해를 자청할 필요가 있을까? 현세의 고통을 잊고 황홀한 망각 속에서 살 수 있다면 아마 대부분 그쪽을 택할 것이다. 율리시스는 선원들에게 항해를 다시 떠나자고 재촉한다. 하지만 선원들은 시큰둥하기만 하다. 물론 이들의 선택을 삶의 의지가 결여된 무기력한 선택이라고 비난하기는 어렵다. 신산한 삶에 지친 사람이라면 누구나 한 번쯤은 현실을 외면하고 회피하고 싶어지기 마련이니까.

기독교에서는 온 세상의 창조물들을 신이 인간을 위해 만든 것이라고 설교하는데, 아이러니하게도 인간이 가장 고생스러운 삶을 살고 있다고 그들은 푸념한다. 하지만 어떤 이들은 전쟁이나 기근 등으로 힘들게 살아가는 가운데에서도 신에게 기도하면서 희망을 가지려고 한다. 그런데 하늘의 신들은 번갯불이나 던지며 기분 내키는 대로 살아갈 뿐, "기도하는 손"들을 보고도 신경 쓰지 않는다. 인간의 고통을 외면하는 신에 대한 시인의 회의감이 엿보인다.

이 시가 쓰인 시기에는 《종의 기원》을 집필한 찰스 다윈을 비롯해서 진화론을 주장했던 많은 학자들이 등장해 사회적으로 큰 논란을 불러일으켰다. 영국은 기독교 국가였기 때문에 대부분의 사람들은 창조론을 굳건히 믿었다. 그런데 원숭이가 인간의 조상이라고 말하는 사람들이 등장했으니 얼마나 충격이었겠는가? 이 시에서 선원들의 목소리는 인간의 고통을 외면하는 신에 대한 회의를 표현한 것이기도 하지만, 진화론이 출현하면서 서서히 퍼져나가던 종교에 대한 회의감을 표현한 것이기도 하다. 이와 같은 19세기의 상황

(신의 존재에 대한 회의와 의문)을 기원전에 쓰인 호메로스의 이야기를 끌어다가 표현하고 있으니 새삼 테니슨의 뛰어난 문학성이 여실히 느껴진다.

"푸대접을 받는 인간들"이라는 표현에서도 알 수 있듯이 선원들은 인간의 고통에 아무런 구원의 손길도 내놓지 않는 신들을 향해 원망의 목소리를 보낸다. 율리시스처럼 삶의 어려움을 헤쳐나가려는 의지가 이들에게서는 보이지 않는다. 그렇다면 이 시에서 테니슨은 선원들처럼 현실의 모든 시름을 잊고 망각의 행복 속에서 사는 삶을 옹호했던 것일까? 내 생각에 테니슨은 '기도하는 손'의 이미지를 통해 '그럼에도 불구하고 오직 인간만이 고난 속에서도 희망을 얻기 위해 기도함'을 보여주려 했던 것 같다. 이러한 관점을 채택하고 나면 새삼 이 시에서 '침몰하는 배와 기도하는 손'이라는 구절이 역설적으로 눈에 띈다.

인간이 간절한 마음으로 기도를 하더라도 배는 침몰할 수 있다. 기도를 하기만 하면(신에게 간구하기만 하면) 배가 침몰하지 않을 수 있게 되는 상황(삶의 어려움에 직면하지 않을 수 있게 되는 상황)은 오히려 인간의 실존과 거리가 먼 상태다. 우리가 사는 현실은 위험한 순간마다 슈퍼맨이 나타나는 할리우드 영화 속 세상이 아니다. 눈앞의 고통 속에서도 인간은 (자신을 도와줄지 아닐지 알 수 없는) 신에게 기꺼이 기도를 올린다. 끝내 신에게 응답받지 못한다고 할지라도 최후의 희망을 담아 구원을 간절히 희구하는 태도는 인간만이 보여줄 수 있는 숭고한 모습 중 하나다. 사실, 누가 뭐래도 절대자를 향한 기도는 인간만 하는 것이 아닌가.

당신은 로터스를 먹는 선원들의 삶을 희망하는가, 아니면 율리시스처럼 힘들더라도 자신이 세운 목표를 향해 나아가는 삶을 희망하는가. '인간은 무엇으로 사는가'라는 질문에 대해 당신이 선택한 답은 무엇인가.

나이는 그저 숫자에 불과할까?

●

　예전에 여든 살을 바라보는 한 비구니 스님이 영어 교사로 은퇴하고, 뒤늦게 낭만주의를 공부하고 싶다며 내가 재직 중인 대학원에 입학하셨다. 한번은 그분이 이렇게 말씀하셨다. "나이는 숫자에 불과하다는데 다 거짓말이야, 늙으니까 수업 따라가기가 힘들어!" 솔직한 말씀에 스님의 순박함이 느껴지면서, 동시에 '그렇지. 나이가 들면 벅찬 일이 분명히 있지. 그런데 우리는 왜 다들 나이는 숫자에 불과하다고만 말할까?'라는 생각이 들었다.

　조금은 삐딱한 시선으로 나이를 둘러싼 담론을 바라보니 '인생은 60세부터!'라는 말도 석연치 않게 들렸다. 그렇다면 60세 이전의 인생은 뭐가 되는가? 물론 그 말들이 전하고자 하는 메시지는 늙었다고 해서 도전을 포기하지 말라는 좋은 의도라는 걸 안다. 하지만 어느 한쪽을 응원하고 옹호하기 위해 또 다른 무언가가 깎아내려질 필요가 있을까 싶다. 테니슨이 쓴 다음의 시를 읽으면 이런 생각에 더 깊게 잠기게 된다.

율리시스

이 고요한 벽난로 옆에 앉아,

한가롭게 늙은 아내와 소일거리나 하면서,

나를 알아보지도 못하고, 먹고 잠자고 재물이나 쌓아두려는

이 무식한 백성들을 위해 국정을 다스리는 것은

왕으로서 보람 없는 일이다.

나는 모험을 그만둘 수 없다.

인생의 마지막 잔까지 모두 마실 것이다.

그동안 즐거움도 많았고, 고통도 많았다.

나를 사랑하는 부하들과 함께, 그리고 때로는 혼자서,

육지에서, 그리고 폭풍우가 몰아치는 어두운 바다에서,

탐험에 대한 끝없는 열망으로 나는 명성을 얻게 되었다.

세상 곳곳의 사람들과 풍습과 기후와 나라들을 경험하고 많은 것을 배웠다.

바람이 몰아치는 트로이의 벌판에서,

함성을 지르며 동료들과 함께 전쟁의 승리를 기뻐했다.

(중략)

항구에는 배가 돛을 펄럭이고 있다.
어둡고 넓은 바다가 침울함을 드리우고 있다.
나의 선원들이여,
나와 함께 고생하고 일하고 생각했던 이들이여,
햇살이나 폭풍이나 항상 즐겁게 맞이하고,
자유로운 마음과 정신으로 맞섰던 이들이여,
나와 그대들은 이제 늙었네.
늙은이에게도 아직 명예와 할 일은 남아 있네.
죽으면 모든 것이 끝이지만,
그전에 명예로운 어떤 일이 이루어질 수도 있지,
신들과 싸운 사람들에게 어울리게 말이네.
불빛이 하나둘 켜지기 시작하네.
기나긴 날은 저물어 달이 서서히 뜨고 있고,
바다는 여러 가지 목소리로 신음 소리를 내고 있네.
동지들이여, 어서 오게.
신세계를 탐험하기에 너무 늦지 않으니.
자리에 앉아 출렁이는 바다로 노를 저어 떠나세,

해 지는 저 서쪽 하늘의 별들 너머로

항해하는 것이 내 목표라네,

죽을 때까지 말이지.

거대한 파도가 우리를 휩쓸어버릴 수도 있고,

행복의 섬에 도달하여 우리가 알고 있는 아킬레스를 만날 수도 있다네.

젊었을 때와 같지는 않지만, 아직 여력은 많이 남아 있네.

비록 지상과 하늘을 넘나들던 예전의 그런 힘은 지금 우리에게 없지만,

그게 우리의 현실이지.

한결같던 우리의 영웅적 기백은 세월과 운명으로 인해 쇠약해졌지만,

노력하고, 추구하고, 탐구하고, 굴복하지 않는 의지는 강하노라.

이 시는 율리시스가 트로이전쟁을 마치고 20여 년 만에 집에 돌아온 상황을 배경으로 한다. 오랜 시간 모험하는 동안, 율리시스는 로터스를 먹는 사람들을 만나기도 하고, 외눈박이 거인 폴리페모스와 싸우기도 하고, 부하들을 돼지로 만들어버리는 키르케를 만나기도 했다. 수없이 많은 고비를 모면하고 마침내 돌아온 율리시스이지만, 그는 왕의 자리에서 평온한 나날을 보내기만 할 사람이 아니었다. 평범한 사람이라면 은퇴 후 여행이나 다니면서 여생을 즐기

려 할 텐데, 율리시스에게 그런 한가로운 삶은 "보람"이 없다. 그는 쾌락을 추구하기보다는 험난하지만 숭고한 이상을 성취하는 것이 인생의 진정한 목표라고 믿는 인물이다. 그래서 시 속에서 율리시스는 과거에 위험을 무릅쓰고 같이 항해했던 부하들을 불러모아서 다시 모험을 떠나자고 부추긴다. 늙었지만 아직은 "명예로운 어떤 일"을 성취할 수 있다면서 말이다.

테니슨이 이 시에서 전하고자 했던 메시지는 무엇일까? 영미권에서 이 시의 마지막 구절은 도전 정신을 함양하려는 의도에서 자주 인용된다. "노력하고, 추구하고, 탐구하고, 굴복하지 말라to strive, to seek, to find, and not to yield"라는 이 격려의 말을 들으면 아무리 어려운 상황에서도 힘이 날 것 같다. 비평가들 중에서도 이런 의미로 해석하는 이들이 꽤 있다. 하지만 문맥을 고려하지 않고 이 한 구절만 빼내어 그렇게 읽는 것은 테니슨의 시 세계와 이 작품에 대한 오해를 불러일으킬 소지가 있다. 우리는 이 시점에서 율리시스가 자신이 노쇠해졌다는 현실을 부인하고 있는 모습을 생각해야 한다. 오히려 이 구절은 격려의 메시지와는 반대의 의미를 내포하는 아이러니로 보는 것이 옳다. 이 점은 이 시가 훌륭한 이유이기도 하다.

이 시는 앞서 언급했던 〈로터스 먹는 사람들〉과 연결되는 측면이 있다. 로터스를 먹으며 출항을 거부했던 서원들처럼, 평범한 시민들은 '먹고 잠자고 재물이나 쌓아두려' 한다. 그런 시민들을 뒤로하고 율리시스는 다시 항해를 떠나려고 한다. 그런데 그런 그의 의지는 가상하지만 항해의 목적이 불분명해 보인다. 죽을 때까지 "저 서쪽 하늘의 별들 너머로" 가야 한다는 건 막연하고 맹목적이다. 율리시스는 아무것도 하지 않고 가만히 있는 자신을 견딜 수 없어서 무작정 모험을 떠나려던 게 아니었을까? 불안감을 떨치기 위해 (의미가 불분명한) 새로운 목표를 설정하고 자신의 성취욕을 불러일으켜 그것을 향해 나아가려 했을지도 모른다. 그런데 그것이 과연 의미 있는 행동일까?

백발의 노인이 젊었을 때를 생각하고 에베레스트 산에 오르려 한다면 주변 사람들이 말려야 할 것이다. 마음이 청춘이라고 몸까지 청춘일 거라고 생각하는 건 착각일 뿐이다. 신들과 싸움을 벌였던 천하의 율리시스라도 세월을 거스를 수는 없다. 나이가 들면 늙는다는 현실을 애써 외면하고 부인하려는 율리시스의 모습은 세월이 가져다주는 필연적인 인간의 한계를 부인하고 무리하게 젊음을 추구하려는 우리의 모습과 겹쳐진다.

여기서 한발 더 나아가 더 넓은 시선에서 보면, 이 시 속에서 노쇠한 율리시스는 당시 테니슨이 목도했던 인류의 정신적 공황을 상징한다고도 볼 수 있다. 지금 세계는 발전한 과학기술을 바탕으로 우주까지 정복할 태세이지만, 정서적으로는 늙은 율리시스처럼 무기력하다. 과학적 지식을 탐구하려는 우리의 의지는 강하지만, 아직까지 인간이 해결하지 못한 문제는 너무나 많다. 수많은 별이 빛나는 밤하늘의 저 넓은 우주를 바라보노라면, 인간은 여전히 보잘것없는 존재에 불과하다. 인간의 무한한 능력을 믿는 것도 좋지만, 인간의 한계를 인정하는 태도도 필요한 이유다. 테니슨은 그 점을 깨우쳐주기 위해 인류 역사상 가장 모험적인 남성을 상징하는 율리시스를 시의 화자로 등장시켰을 것이다. 과신도 과소평가도 없이, 있는 그대로의 자신을 수용하는 자세만이 당찬 삶을 살아가게 하는 바탕임을 수천 년 전의 영웅이 우리에게 말하고 있다.

부조리한 인생

●

텔레비전 채널을 돌리다 보면 건강 관련 프로그램이 정말 많다. 너무 많아서 마치 우리 인생의 목표가 오직 무병장수뿐인 걸까 하는 생각이 들 정도다. 하지만 건강하고 오래 살기만 하면 행복한 인생이라고 할 수 있을까? 어떤 사람은 로또에 당첨되는 것이 인생 최대의 목표인 양 매주 로또를 산다. 그런데 과연 로또에 당첨되어 인생이 역전되기만 하면 행복해질까?

티토노스

나무들은 시든다, 시들어 낙엽을 떨어뜨린다,

이슬은 자신의 무게를 땅에 떨어뜨린다,

인간은 태어나서 농사를 짓고 땅에 묻힌다,

그리고 여러 해가 지나면 백조도 숨을 거둔다.

잔인한 불멸은 나만을 소진시키고 있다.

이 세상의 고요한 경계에서

나는 그대 품 안에서 서서히 시들어간다,

안개가 겹겹이 자욱한 찬란한 새벽의

적막한 동녘을 꿈처럼 헤매고 있는 백발의 그림자처럼.

슬프도다! 회색빛 그림자가 되었으니.

한때 아름다움으로 빛나는 사람이었던 나는 그대의 선택을 받아서,

마음속으로 신과 다름없다고 느꼈지!

그대에게 "내게 불멸영생을 주오"라고 청하자,

그대는 선심 쓰는 부자처럼 미소를 지으며 그 청을 들어주었지.

누구도 막을 수 없는 세월은

내 육신을 지치고 늙고 쇠약하게 만들었지만,

내 목숨은 끊지 못하고,

팔다리도 못 쓰는 나를 영원히 젊은 여인과 살게 했다.

영원한 젊음 옆에 영원한 늙음이 놓여 있다.

나는 이제 뼈만 남았다.

그대의 인도자 새벽별이

내 호소에 눈물 고여 떨리는 그대의 눈동자에 빛나고 있소.

지금이라도 취소해주오.

나를 보내주오.

그대의 선물을 다시 가져가주오.

모든 만물에게 알맞게 정해져 있는

수명의 한도를 넘어서서,

왜 다른 사람들에게도 없는 능력을 열망하는가?

(하략)

이 시는 티토노스의 외모에 반한 새벽의 여신 에오스(로마식으로 '오로라')가 그와 영원히 함께 살고 싶어서 그에게 불멸영생을 주라고 제우스에게 부탁하는 내용의 그리스 신화를 배경으로 한다. 그런데 에오스는 제우스에게 그런 간청을 하면서 자신은 여신이므로 영원히 젊지만, 티토노스는 그럴 수 없다는 사실을 간과했다. 그래서 그에게 영원한 젊음도 함께 주라고 청하는 걸 잊어버린다. 그러나 시에서는 원전과 달리 티토노스가 에오스에게 불멸영생을 달라고 요구한 것으로 서술되었다. 시에서 티토노스는 에오스에게 말한다. 몸도 제대로 가눌 수 없을 정도로 늙어버린 자신에게 영생은 축복이 아니라 저주라고. "영원한 젊음"과 "영원한 늙음"이 함께 살아야 한다는 구절은 이런 비극적 상황을 예리하게 표현한다.

신화 속 티토노스처럼 우리들은 오래 살고 싶어 한다. 하지만 '늙

루이 장 프랑수아 라그르네 레네의 〈에오스와 티토노스〉(1763)

음'의 상태로 오래도록 사는 것이 축복은 아닐 것이다. 테니슨은 티토노스가 불멸영생과 더불어 젊음을 요구하지 못했던 어리석음을 비난하려 했다기보다 인간이 처한 부조리한 상황을 묘사하려 했던 것 같다. 인간도 자연의 다른 생명체들처럼 자신의 수명대로 살다가 때가 되면 흙으로 되돌아가는 것이 자연의 이치다. 물론 순리를 따르며 마음을 비우기란 쉽지 않은 일이다. 그래서 자신이 간절하게 원하는 것이 어떤 결과를 초래할지도 모르고 그저 욕망에 매달리다가 결국 신화 속 티토노스처럼 비극적 상황에 이르기도 한다. 과욕이 불러온 원치 않는 결과라고 해야 할까.

안타깝게도 이런 신화 이야기와 같은 상황이 우리 현실에서도 종종 일어난다. 얼마 전 미국 버지니아주에서는 민주당의 총기 규제 법안에 반대하는 사람들이 온갖 종류의 총기들로 중무장하고 시위를 벌였다. 헌법 조항에 근거하여, 총을 소지하여 자신들을 보호할 권리를 지키겠다는 것이었다. 현재 미국에서는 전과자가 아니라면 누구나 월마트에서 M16은 물론이고, 그보다 더 강력한 총을 돈만 주면 살 수 있다. 대한민국에서 군대를 다녀온 사람이라면 M16이 얼마나 강력한 무기인지 대부분 안다. 그런 소총을 월마트에서 살 수 있다니 기함할 노릇이다. 자신을 보호할 목적이라면 작은 권총으로도 충분할 텐데, 왜 그런 자동화기까지 필요할까? 미국은 학교에서 총기 사고가 자주 발생하기 때문에, 트럼프 정부 시절에는 교사에게 총을 소지하게 해서 학생을 보호하도록 권장했다. 이는 결국 교사들에게 총으로 사람을 죽이라는 말이다. 우리나라 선생님들이라면 아마 기겁을 할 것이다. 더구나 총격범이 학생인 경우도 있다. 결국 선생님이 학생을 상대로 총싸움을 벌어야 하는 상황이 된다. 왜 이런 어처구니없는 상황이 벌어졌는가? 자신들이 그렇게 원하던 총으로 자신들이 죽어가는 상황이 된 것이다.

최근 통계에 따르면, 미국에서는 인구보다 더 많은 수의 총이 유통되고 있으며, 매일 100여 명이 총에 맞아 사망한다고 한다. 여기에 총을 이용한 자살이나 총상까지 합하면 총기로 인한 피해자가 매일 300여 명에 이른다고 한다. 그런데도 일부 미국인들은 총기 소지를 계속 요구 중이다. 이들은 보호를 명목으로 소지를 허용해 주길 원하는 총기로 인해 그들 역시 죽을 수도 있다는 점에서 영생을 요구하다가 영생으로 고통을 받았던 신화 속 티토노스와 비슷한 상황에 놓이게 된다.

인간에게 건강, 생명, 경제력 등은 살아가는 데 없어서는 안 될 중요한 것들이다. 하지만 이런 것들에 대해 지나치게 집착하거나 과욕을 부리게 되면 부조리한 상황에 이르게 된다는 것이 이 시의 메시지인 것 같다. 건강이나 경제력이 인생에서 중요하긴 하지만 그것이 사람 인생의 목표가 될 수는 없을 것이다. 다행히 우리에게 이런 극단적인 일은 일어나지 않았지만, 총이 자신의 안전을 지켜줄 것이라는 과신으로 더 많은 총을 요구했던 미국 사람들은 그 총으로 인해 죽어가고 있다. 우리도 우리가 욕망하는 것들에 대해 깊이 반추해 볼 필요가 있지 않을까. 티토노스는 영생만 얻으면 행복할 것이라고 믿었지만 현실은 그렇지 않았다. 우리가 욕망하는 것들도 건강이나 돈처럼 너무 현실적인 것에만 국한된 건 아닐까. 자신의 죽음을 예감하면서도 한 편의 시를 썼던 시인 키츠의 생애는 우리의 현실과는 너무 동떨어진 이야기인 걸까?

'혼돈'과 '자유'의 갈림길에서

●

영문학을 전공하지 않은 사람들에게는 매튜 아놀드Matthew Arnold 라는 이름이 낯설 것이다. 그는 앞서 읽은 테니슨과 동시대 작가이 기에 그가 했던 것과 비슷한 고민이 담긴 작품을 집필했다. 이 시 인들이 활동하던 시기에 사람들은 기독교가 종교적 교리를 내세우 며 제한했던 규범에서 점차 자유로워지기 시작했다. 이렇게 절대 적 가치가 사라지고 상대적 가치만 남은 오늘날의 시대를 흔히 '포 스트모더니즘'으로 명명하는데, 이런 시대적 변화를 반기는 사람들 이 있는가 하면, 전통적 가치가 사라지는 걸 우려한 사람들도 있었 다. 영국의 시인이자 비평가이며 교육자였던 매튜 아놀드는 이런 시대적 징후를 느끼고, 영국과 프랑스를 연결하는 도버Dover 해협의

깎아지른 듯한 새하얀 절벽과 해변을 바라보며 다음과 같은 시를 썼다.

도버 해변에서

오늘밤 바다는 고요하구료.

지금은 만조이고, 바다 위에 달은 휘영청 밝아요.

프랑스쪽 해안의 불빛은 반짝이다가 사라지고 있지만,

거대하게 빛을 발하는 영국의 절벽은 고요한 해안가에 우뚝 서 있소

창 옆으로 와 봐요, 밤공기가 상쾌해요!

들어봐요!

바다가 달빛으로 하얗게 빛나는 해변에서 만드는

길게 늘어진 물거품에서 들리는

자갈 굴러가는 소리를!

파도에 밀려 자갈들은 리듬 있게

이리저리 왔다 갔다 반복하고 있소

오랜 세월 지속된 소리에서 애조가 느껴지는구료.

오래전에 소포클레스도 에게해에서 이 소리를 듣고,

인간 고난의 혼란스런 굴곡을 마음에 떠올렸다오.

그로부터 멀리 떨어진 이 북쪽 해안에서

우리도 그 소리를 듣고 상념에 잠긴다오.

신앙의 바다는 한때 만조를 이루어,

지구의 해안이 바닷물로 겹겹이 차 있는 듯했소.

하지만 이제는 저 멀리 물러나서, 침울한 소리만 들릴 뿐이오.

밤바람의 입김에 이끌려,

세상의 자갈들은 물이 빠져나가 메마르고,

거대한 해변은 황량해졌소.

오, 사랑하는 이여,

우리 서로에게 진실합시다.

우리 앞에 놓인 세상은 꿈나라처럼

너무나도 다채롭고, 아름답고, 새로워 보이지만,

실제로는 기쁨도, 사랑도, 빛도,

확실성도, 평화도, 고통에 대한 치유도 주지 못한다오.

칠흑 같은 밤에 아군과 적군을 구분하지 못하고 싸우는 군인들처럼,

우리도 진격을 할지, 후퇴를 할지 모른 채, 어둠의 혼돈 속에서 살고
있소.

이 작품은 아놀드가 도버 해협으로 신혼여행을 갔을 때 쓴 것이
기에 시 속에서 '그대'는 그의 아내를 가리킨다. 이 시는 파도 소리
를 들으며 밤바다의 아름다움을 노래하는 것으로 시작하지만, 사랑

을 노래한 시는 아니다. 바다를 바라보면서 아놀드는 고대 그리스의 비극 작가 소포클레스가 에게해의 파도 소리를 들으며 그랬듯이, 인간의 비극에 대한 깊은 생각에 잠긴다. 그사이 2,000여 년이라는 긴 시간이 흘렀지만, 인간사의 비극적 상황은 변함이 없다. 전쟁터에서 누가 아군인지 적군인지도 모르고 싸우는 군인들처럼 당대를 살아가는 사람들이 혼란에 빠져 있다는 것이 그의 진단이다.

아놀드는 기독교 신앙의 바다가 썰물 때처럼 물이 빠져버린 현실을 걱정한다. 사람들은 기독교에 대한 믿음을 잃어가고, 그 대신에 앞으로의 세상이 "꿈나라"처럼 번영할 것이라고 기대한다는 200여 년 전 그의 표현은 오늘날 우리의 모습과도 겹친다. 4차 산업혁명의 도래로 인해 새로운 번영의 시대가 올 것이라고 흥분하는 우리를 아놀드는 예견하고 있는 것 같기도 하다. 그는 당대의 이런 시대적 분위기를 비관적으로 바라보았다. 그는 하늘의 신보다 미래의 번영을 믿는 시대는 기쁨도 사랑도 빛도 줄 수 없을 것이라고 생각했다.

아놀드의 예견대로, 실제로 오늘날 영국에서는 수백 년 된 고풍스러운 교회들이 신도가 없어서 문화센터나 마트로 바뀌는 일이 드물지 않다고 한다. 진화론이 지배하는 현대사회에서 기독교는 이제 시대착오적인 유물로 취급받고 있기 때문이다. 여기에서 아놀드가 문제 삼는 건 비단 종교뿐만이 아니다. 그는 신비로운 것이 비과학적인 것으로 치부되는 현상도 문제라고 여겼다. 즉, 아놀드가 우려

했던 것은 단순히 기독교라는 종교의 쇠퇴라기보다는 산업사회로 이행해가면서 지나치게 이성적이고 과학적인 가치에만 경도되는 세태였다.*

아놀드는 비평가로도 유명했는데, 그는 유명한 저서 《교양과 무질서》에서 사람은 "최선의 사상과 작품the best that has been thought and said"을 배워야 한다는 말을 남겼다. 귀족 중심 사회에서 시민 사회로 나아가는 과정에서 "자신이 하고 싶은 대로 할 권리"를 주장하는 자유의 물결을 그는 우려했다. 당시 런던에서는 보통선거권을 요구하는 노동계급의 폭력 시위가 빈번하게 일어났기 때문이다. 이런 점에서 그의 생각이 엘리트주의라고 비난받을 여지도 일정 부분 있다.

하지만 사실 그는 계층을 초월한 평등 사회를 꿈꿨던 사람이다. 그 시대에는 문맹률이 높았기 때문에 교육을 받지 않은 대중들이 사회를 지배하면 결국 '무질서'의 시대가 올 것이라고 우려한 사람들이 많았다. 아놀드는 귀족이나 중산층에게도 비판의 말을 아끼지 않았다. 그는 중세 기사의 시대에 상속받은 지주계급으로서의 특권

---

* 그는 또 다른 시 〈집시 대학생〉에서 한 옥스퍼드 대학생이 자퇴하고 집시의 무리에 합류한 실제 있었던 이야기를 다룬다. 이 시는 과학적인 현대 문명보다 상상력이 풍부하고 신비로운 집시들의 삶에서 더 많은 것을 배울 수 있다며, 그들과 함께 전원생활을 하기로 선택한 한 대학생을 기린다. 영국 최고의 대학을 포기하고 집시가 된다는 것은 납득하기 힘든 일이다. 하지만 그 대학생은 물질문명으로부터 도피해 자연속의 삶을 추구했다. 마치 낭만주의자들처럼.

을 계속 유지하려고만 할 뿐, 계몽되지 못했다는 이유로 귀족을 미개인들barbarians이라고 비판했다. 또한 산업화와 상업화만을 추구한다고 하여 중산층은 속물들philistines이라고 비판했다. 그는 모든 계급을 아우르며 현실에 안주하지 말라고 외쳤다. 그리고 모든 계층에게 교육이 장려되어야 한다고 주장했다. 아놀드는 모든 계층이 '최선'의 사람이 되도록 교양을 쌓아야 한다면서 교육의 중요성을 강조했고 평생을 교육자로 살았다. 그가 '최선의 사상과 작품'을 강조했던 건 엘리트주의적 면모라기보다는 우열의 가치가 사라져 모든 것이 평준화되어버리는 상황을 염려했기 때문이다.

오늘날 우열의 가치가 사라지고 있는 상황을 보여주는 예시 하나를 들어보겠다. 예전에 미국의 한 저명인사가 "예술가(artist)"의 정의에 대해 재미있는 강연을 하는 것을 본 적이 있다. 그가 초등학교 미술 수업에 가서 자신이 예술가라고 생각하는 사람은 손을 들어보라고 했더니, 저학년에서는 많은 학생들이 손을 들었는데 고학년으로 갈수록 손을 드는 학생이 적더라는 내용이었다. 그가 한 말의 요지는 누구나 예술가가 될 수 있다는 생각이 나이가 들면서 사라진다는 것이다. 누구나 예술가가 될 수 있다는 그의 말이 참 멋있게 들린다. 하지만 역으로 생각해보면, 누구나 예술가가 될 수 있다는 말은 진정한 예술가의 가치는 사라지게 된다는 말과 같다.

실제로 우리는 '최선'의 가치보다는 다수의 사람들이 즐기는 것에 더 의미를 두고 있지 않은가? 가령, 과거에 '최선'의 것이라고 여겨졌던 종교, 철학, 문학의 고전들은 이제 소수의 사람들만이 관심을 갖는 분야가 되었다. 절대적 가치가 사라지고 상대적 가치만 남게 된 포스트모더니즘 시대에 '최선'의 진리를 추구하는 철학이나 종교는 점차 그 자리를 잃어가고 있다.

그렇다면 아놀드가 자신이 살던 당대를 혼돈의 시대라고 보았던 것처럼 지금 이 시대도 혼돈의 시대라고 보아야 할까? 아니면, 포스트모더니스트들처럼 구시대의 제한적이고 억압적인 가치관으로부터 해방된 자유의 시대라고 보아야 할까? 어느 쪽이라고 단언하긴 어렵고 저마다의 관점에 따라 그 진단도 달라지겠지만, 아놀드가 현대에 환생한다면 그의 입장에서 '최선'이라고 할 수 있는 고전 작품들이 홀대받고 대중적인 오락물이 지배하고 있는 현 세태를 별로 반기지는 않을 것 같다.

12. '자기만의 방'을 찾아서

여성 시인들에 대한 연구가 부재했던 이유 중 하나는
그들의 시가 '대중적'이라고 여겼기 때문이다.
남성 시인들의 작품과 달리 여성 시인들의 시는
철학적이거나 정치적인 요소들이 부족하고,
쉽다는 이유로 영문학 정전에서 제외되어왔다.
하지만 그것은 표면적 이유이고,
단지 여성이 쓴 시이기 때문에 저평가되었다고 보는 편이
더 솔직한 이유라고 나는 생각한다.

아버지, 이제 그런 충고는 필요 없어요

●

　지금은 물론 그렇지 않지만, 예전에는 낭만주의 사조에서 남성들의 작품만을 중심으로 연구가 이루어졌다. 내가 대학원을 다닐 때만 해도 낭만주의 시대를 다루는 강의에서 여성 시인들은 아예 언급조차 되지 않았다. 미국만 하더라도 이들에 대한 조명이 본격적으로 이루어지기 시작한 것은 대략 30여 년 전부터다. 당대 여성 시인과 그의 작품 세계를 알아보기 전에 그 시대의 여성들은 어떤 삶을 살았는지 잠깐 살펴볼까 한다.

　당시 중상류층 부모들은 딸들이 결혼한 후에도 그 신분을 계속 유지하길 바랐는데, 그러기 위해서는 같은 계층의 집안으로 시집가는 것 외에는 다른 방법이 없었다. 그런 부모의 마음을 담아 준 그레고리John Gregory는《아버지가 딸들에게 전하는 충고들》이라는 제목의 책을 출간하기도 했다. 당시 이 책은 중상류층으로부터 선풍적 인기를 끌며 베스트셀러가 되었다. 이 책은 어머니를 일찍 여읜 딸들이 (당시 사회가 원했던) 여성으로서의 올바른 행동 지침을 몰라서 결혼을 하지 못해 평생 본가에서 더부살이나 하지는 않을까 아버지로서 염려하는 마음을 담아 쓴 글이다.

책에서는 여성으로서 지켜야 할 덕목들이 설명되는데, 그중에는 남자 앞에서 해서는 안 되는 행동에 관한 것들도 있다. 이 책은 메리 울스턴크래프트 같은 당대의 페미니스트들에게 신랄한 비난을 받았다. 그 내용 중 일부를 살펴보자.

- 여자들이 가져야 할 훌륭한 성품 중 하나는 사람들의 시선을 피하여 나서지 않는 겸손함과 섬세함이고, 호감의 시선에도 흔들리지 않는 것이다. 그렇다고 칭찬에 무감각하라는 말은 아니다. 만일 그렇게 하면 호감을 주는 여자가 못 될 것이다. 하지만 너희는 마음을 우쭐하게 하는 찬사에 현혹되기 쉽다.
- 소녀가 얼굴을 붉히지 않는다면, 가장 강력한 매력을 잃게 되는 것이다. 홍조가 나타내는 극도의 감수성은 남자에게는 단점이고 장애가 될 수 있지만, 여자에게는 큰 매력이 된다. 스스로를 철학자라고 일컫는 학자들이 살굿한 것도 없는데 왜 여자는 얼굴을 붉혀야 하는가라고 질문을 한다. 아무런 잘못을 하지 않아도 여자가 얼

굴을 붉히는 것은 자연스러운 일이다. 그런 점 때문에 남자가 여자를 사랑한다는 것은 그 질문에 대한 충분한 답변이 된다. 홍조는 잘못의 여부와는 상관없이 순수함의 발로다.

- 지성을 드러낼 때는 주의해야 한다. 자칫 같이 있는 다른 사람들보다 더 우월해지려는 것으로 생각될 수 있다. 혹시 아는 것이 있더라도, 특히 남자들 앞에서는 모르는 척해라. 남자들은 대체로 능력이 있거나 똑똑한 여자를 시기하거나 악의에 찬 눈으로 바라보기 때문이다.

- 여자로서 어울리는 태도를 취하는 것이 여자에게 가장 이롭다. 올바른 판단력으로 사람의 마음을 면밀하게 연구한 여자는 이 점을 잘 안다. 요즘 여자들의 태도를 보면 남자들에 대해 우월함을 얻으려는 듯이 자신들의 능력을 있는 대로 과시하고, 공공장소에서 거리낌없이 남자들과 자리를 같이 하고, 남자들처럼 자유롭게 남자들과 대화를 나눈다. 한마디로 말해, 남자들이 하는 대로 똑같이 하려고 한다. 하지만 이것은 시간이 좀 지나면 어리석은 행동이라는 사실이 밝혀질 것이다.

그레고리는 딸들에게 여자는 비록 알고 있는 것이라 하더라도 남자 앞에서는 모르는 척해야 한다고 타이른다. 또 여자가 얼굴을 붉히는 것이 남자들에게는 큰 매력으로 작용한다고도 가르친다. 현대 여성들이 들으면 분개할 만한 충고다. 하지만 당시 레이디로 불렸던 중산층 여성들은 직업을 갖는 것이 허용되지 않았고, 그렇다고 해서 재산을 상속받을 수 있었던 것도 아니었다. 그나마 당시 중산층 여성이 가질 수 있었던(그리고 허용되었던) 가장 괜찮은(그리고 유일한) 직업은 가정교사였는데, 그마저도 사회적으로 존경을 받거나 안정적인 직업이 아니었다. 이렇다 보니 이들 여성에게 주어진 최선의 선택지는 비슷한 계층 혹은 더 높은 계층의 남성과 결혼하는 것뿐이었다. 결혼을 하지 못하고 다른 식구들에게 얹혀살아야 했던 여성은 집안의 짐이자 부끄러운 존재로 여겨졌다. 오늘날의 관점에서 보면 시대착오적이고 바람직하지 않은 내용이지만, 당대 사회적 배경을 생각한다면 존 그레고리가 딸들에게 이러한 지침을 남긴 것은 어쩔 수 없는 선택이지 않았을까.

메리 울스턴크래프트에 대한 얘기가 나온 김에 페미니즘에 대해서도 잠깐 이야기해보자. 요즘 세태를 보면 페미니즘의 의미가 다소 이상하게 왜곡된 듯하다. 페미니즘은 여성이라는 이유, 즉 성별로 인한 부당한 대우와 차별을 없애야 한다는 사상이다. 19세기까지도 여성은 단지 여성이라는 이유 하나만으로 투표권을 얻지 못했다.*

울스턴크래프트는 낭만주의 시대에 한 획을 그은 독보적인 페미니스트다. 여성의 임무는 남성을 즐겁게 하는 것이므로 여성은 교육을 받을 필요가 없다는 당시의 여성관을 그녀는 신랄하게 비판했

---

* 영국에서는 20세기(1928년)에 이르러서야 여성의 투표권을 인정했다.

다. 1792년에 발간된 그녀의 《여성의 권리 옹호》를 읽어보면 울스 턴크래프트가 왜 그렇게 존 그레고리를 비난했는지 알 수 있다. 이 책의 일부를 소개하면 다음과 같다.

- 요즘 교육에 관한 책들을 읽어보면, 여성 교육의 필요성을 부정하고, 힘이나 유용함이 아름다움에 희생된 꽃이나, 까다로운 눈을 만족시킨 후 성숙하기도 전에 시들어버리는 잎사귀들처럼, 여성을 연약하고 하찮은 존재로 취급하고 있다는 현실을 개탄하지 않을 수 없다. 여성을 다정한 아내나 이성적인 어머니가 아니라 매력적인 여인으로 만들려는 책들은 여성을 인간이 아니라 여자로 취급하고 있다. 거짓된 섬세함으로 여성을 연약하게 만들어, 남성에게 종속적인 존재로 만들고 있다.

- 여성을 이성적인 존재로 보고, 여성이 자립하지 못하고 항상 어린 아이의 상태에 머물러 있는 것은 우아한 것이 아니라는 견해에 기분이 상할 여자들도 있을 것이다. 하지만 여성에게 요구되는 연약한 마음, 섬세한 감수성, 세련된 취향 등의 표현은 여성이 연약한 존재라는 것을 암시하여, 결국 여성은 동정의 대상이 되고 업신여겨지게 된다.

- 여자들은 어려서부터 어머니를 모방해야 하고, 아는 것이 많으면 안 되고, 고분고분해야 하며, 여성스럽게 행동해야 남자들로부터 보호를 받을 수 있고, 20년 동안은 예쁘면 다른 아무것도 필요 없

다고 교육을 받는다. 밀턴은 여성이 부드러움과 매력적인 우아함을 위해 태어난 것이라고 말하는데, 무슨 말인지 모르겠다. 우리는 남자들의 그런 취향을 만족시키기 위해 태어난 존재란 말인가.

· 그레고리 씨는 딸들에게 여자가 옷 치장을 좋아하는 것은 자연스러운 것이라면서 장려한다. 하지만 그것은 자연스러운 것이 아니라 권력에 대한 욕망에서 나온 것이다. 또한 그는 딸들에게 자신들의 솔직한 감정을 숨겨야 하고 춤을 출 때는 얌전하게 추라고 가르친다. 분별력 있는 어머니라면 지나친 조심성을 가르쳐서 젊은 여자의 자연스런 솔직함을 억제하게 하지는 않을 것이다.

18세기 말의 그녀의 시각으로 보았을 때, 아직까지도 여성의 처우에 대해 지적받을 사항이 적지 않을 것 같다. 얼마 전 미국 공영 라디오 방송NPR은 한국 여성이 미국 여성보다 '미용 용품beauty products'을 구입하는 데 두 배 더 많은 비용을 지출한다고 전했다. 여성의 꾸밈에 대한 사회적 압박이 큰 사회이기 때문이리라. 그리고 우리나라에서는 일기예보를 아리따운 젊은 여자가 진행하는데, 영국에서는 배가 부른 만삭의 아주머니나 중년 남성이 일기예보를 진행하기도 한다. 점차 나아진다고는 하지만 여전히 우리 사회의 어떤 부분들은 아직도 18세기 말 울스턴크래프트가 주장했던 페미니즘 정신보다 뒤쳐져 있는 것 같아 안타까울 뿐이다.

《여성의 권리 옹호》에서 제시한 울스턴크래프트의 주장이 지당하지만, 당대의 여성들이 그녀의 주장대로 살기는 쉽지 않았을 것이다. 이런 시대에 여성 시인들은 어떻게 살았을까? 워즈워스나 바이런 같은 남성 시인들은 어느 정도 알려져 있지만, 아이러니하게도 현재 그 이름이 널리 알려진 남성 시인들은 당대에 그리 대중적으로 주목을 받지 못했다. 오히려 여성 시인들이 일반 독자들로부터 더 많은 인기를 누렸다. 자신의 글로 생계를 유지할 수 있을 정도로 말이다.

그럼에도 불구하고, 여성 시인들에 대한 연구가 부재했던 이유 중 하나는 그들의 시가 '대중적'이라고 여겼기 때문이다. 남성 시인들의 작품과 달리 여성 시인들의 시는 철학적이거나 정치적인 요소들이 부족하고, 쉽다는 이유로 영문학 정전에서 제외되어왔다. 하지만 그것은 표면적 이유이고, 단지 여성이 쓴 시이기 때문에 저평가되었다고 보는 편이 더 솔직한 이유라고 나는 생각한다. 오죽하면 제인 오스틴도 소설 《오만과 편견》을 익명으로 발표했을까. 대학 교육이 여성에게 허용되지 않은 시대였지만, 그런 상황 속에서도 여성 작가들은 현실에서 겪어야 했던 일들을 소재로 한 작품을 다수 집필했다. 이들 작품은 당대의 풍속과 생활상을 여실히 알려주는 귀중한 가치가 있다.

가령, 여성 시인 아나 레티티아 바르볼드Anna Letitia Barbauld는 동시대 과학자 조셉 프리슬리Joseph Priestley가 동물 실험을 하는 것을 알고 나서 〈쥐의 호소〉라는 시를 써 실험 대상이 되어 갇힌 동물을 풀어달라고 호소했다. 이는 아마도 동물 보호 운동의 효시가 아니었을까? 그뿐인가? 〈빨래하는 날〉에서는 빨래가 여성들에게 얼마나 힘든 일과인지를 생생하게 표현했다.

여성 시인들이 집안일을 비롯해 자신들의 일상만을 소재로 삼아 시를 쓴 것은 아니다. 여성 시인들은 부당한 사회제도, 이를테면 흑인 노예제도 등을 향해서도 비판의 펜을 들었다. 남성의 담론이 지배하던 사회에서 여성 시인들은 피지배자의 입장에서 약자의 목소리를 대변했던 것이다.

여성으로 홀로 선다는 것

●

　메리 로빈슨Mary Robinson은 여성 시인들 중에서 가장 파란만장한 삶을 살았던 사람이라고 말할 수 있다. 선장이었던 아버지로부터 버림받고 어머니와 함께 신산한 삶을 살았던 그녀는 뛰어난 미모 때문에 남자들로부터 끊임없는 구애를 받았다. 그녀는 열여섯 살에 자신을 부자라고 속인 토마스 로빈슨Thomas Robinson과 결혼했고, 방탕한 생활을 한 남편이 빚을 지게 되자 감옥에 함께 수감되기도 한다. 이후 남편과 헤어지고 생계를 위해 배우로 활동하던 그녀는 훗날 조지 4세가 될 왕자의 눈에 띄어 한동안 그의 정부이기도 했다.

　호화로운 생활을 즐겼던 그녀는 여러 남자들과의 염문을 뿌리며 살았고, 유산 후유증으로 생긴 병으로 불구자가 되어 44세 나이에 세상을 떠난다. 인생사를 몇 줄의 문장으로 읽기만 해도 그녀가 당시의 전통적인 여성상을 뛰어넘는 여장부였음이 짐작된다. 그녀는 시인뿐만 아니라 극작가, 소설가로도 활동했다.

노래하는 가난한 부인

유구한 성 주위를 둘러싼 오래된 성벽 아래에,
담쟁이덩굴이 무성하게 둘러지고 지붕이 낮은
아담한 작은 오두막은 긴 세월을
무섭게 몰아치는 거친 바람에 맞섰다.
그 가난하고 소박한 집에 눈살을 찌푸리던 높은 탑들은
폭풍이 몰아칠 때면 이리저리 흔들렸고,
불어난 강물은 무성한 계곡을 따라
오두막 앞 푸른 계단 옆으로 쏜살같이 흘러갔다.

여름 햇살은 골풀이 무성하게 자란
비스듬한 지붕을 금빛으로 물들였고,
영롱한 이슬은 담쟁이가 넝쿨진 산울타리에 뿌려졌다.
성벽 위로 어여쁜 새들이 지저귀었고,
야생화 새싹들은 그 맑은 강 주변에 촘촘히 솟아났다.
그 성의 호화로운 방은 황량하고 귀신이 출몰했지만,

그 보잘것없는 작은 오두막은 고요하고 평온했다.

당당함의 광채는 유혹할 만한 아무런 매력이 되지 않아,

도둑이나 유령이나 요정이 출몰하지 않았다.

오만하고 심술궂은 군주였던 성주는

그 작은 오두막에서

밝은 노랫소리가 울려 퍼지는 것을 들었다.

그 집에서 쾌활하게 사는 늙은 부인은

물레질할 때면 즐겁게 노래를 불렀다.

성의 연회장이 잔치 소리로 시끌벅적할 때에

그 늙은 부인은 전혀 두려워하지 않고 잠들었다.

산에서 사냥꾼들이 말을 타고 달릴 때에도

그녀는 그들의 외치는 소리를 들으려 창문을 활짝 열었다.

경쾌한 나팔 소리에 맞춰 그녀는 문 앞에서 춤을 추었고,

부르던 노래를 더욱 크게 계속해서 불렀다.

겨울이 서리 망토를 펼칠 때에

그녀는 헐벗은 나무들 사이에서 꿋꿋하게 노래를 불렀다.

언제나 즐겁게 노래를 부르며

그녀는 마른 푸성귀를 모아 갈색 빵과 맥주를 만들었다.

그 오만한 사람들을 호사로운 잔치에 초대하는

성의 커다란 종소리를 들을 때,

그녀는 미소를 지었다.

항상 인내하고 항상 만족하며 그녀는 그렇게 살았다.

마침내 그 성주는 시기심에 사로잡히고 말았다.

유복한 사람들도 근심스럽게 사는데,

가난한 사람이 그렇게 즐겁게 살다니,

그는 심기가 불편해졌다.

그는 건장한 하인을 보내 그녀를 위협했지만,

그녀는 계속해서 즐거운 노래를 불렀다.

결국 그 성주는 무자비한 집사를 보내어

전율하는 그녀를 감옥에 가두고 말았다!

비탄에 잠겨, 몸이 쇠약해진 그녀는 3주 만에 죽고 말았다.

불쌍한 부인이여! 조종이 얼마나 구슬프게 울려 퍼졌던가!

푸른 길을 따라 여섯 명의 젊은이들이

그녀를 옮겨 차디찬 땅 아래에 묻었다.

늘어선 잔디밭 가운데 창백한 앵초가 피어나고,

새벽의 찬란한 이슬이 그녀 무덤 위에 뿌려졌다.

아침에 부드럽게 부는 여름 산들바람에

갓 피어난 작은 꽃들도 애도하며 흔들거렸다.

노래하는 가난한 메리가 무덤에 놓였던 그 죽음의 순간부터

그 성주는 매일 밤 검은 성탑 위로 날갯짓을 하며

소름 끼치게 울어대는 부엉이들로 둘러싸였다!

쏜살같이 흐르는 강에 눈살을 찌푸리던 성곽 위로,

부엉이들은 끔찍한 소리를 내며 떠다녔다.

겨울바람이 세차게 불어 창문이 덜컹거릴 때,

부엉이들은 어두운 회랑에서 유령처럼 섬뜩한 소리를 냈다.

성주가 가는 곳마다 부엉이들은 울부짖으며 따라다녔다,

새벽에도 저녁에도 그들은 항상 쫓아다녔다!

달이 공터를 환하게 비출 때에도 소리를 내었고,

날이 밝아올 때까지 그의 곁을 떠나지 않았다.

그의 뼈와 살이 쇠잔해지고 삭아들어,

그는 그 오만하던 고개를 떨궜고,

수치스럽게 숨을 거두고 말았다.

아무런 눈물을 보이지 않는 호사스런 대리석 무덤은

노래하는 가난한 부인의 무덤을 가려 그늘지게 한다.

시는 가난한 노부인이 사는 초라한 오두막과 부유한 성주가 살고 있는 고압적이고 호화로운 성이 대조를 이루며 시작된다. 보잘것없지만 거친 바람에 맞서 잘 버티고 있는 오두막을 못마땅한 눈

조슈아 레이놀드가 그린 〈메리 로빈슨의 초상화〉(1782)

초리로 쳐다보는 높은 성곽의 위용은 오두막을 금방이라도 부셔버릴 태세다. 노부인의 오두막은 자연에 둘러싸여 있어 가난하지만 풍요로운 느낌을 준다. 따뜻한 햇살이 지붕을 물들이고, 영롱한 이슬이 산울타리에 내리고, 새들이 지저귀고, 야생의 새싹들이 강가에 피어 있어 오두막은 평화로운 반면에, 호화로운 성곽은 오히려 황량하다.

3연에서 노부인은 가난하지만 즐겁게 노래를 부르고, 성에서 연회가 벌어져도 아랑곳하지 않고, 두려워하지도 않는다. 그녀는 사냥꾼들의 소리도 겁내지 않고 오히려 창을 활짝 열고 듣는다. 가난한 사람들은 부자들의 잔치를 부러워하기 마련인데 그녀는 전혀 그렇지 않다. 혼자의 몸이면서 가난하기까지 한 노부인은 부자들을 우러러보지도, 두려워하지도 않는다. 그녀에게서는 나약한 모습을 좀처럼 찾을 수가 없다. 그 시절 사냥은 권력이 있는 상류층 남자들이 말을 타고 즐기는 여흥이었는데, 그녀는 사냥꾼 무리의 위세에 짓눌리기보다 오히려 이들의 나팔 소리에 춤을 춘다. 대담하고 배짱 좋은 삶의 태도다.

겨울이 오면 그녀의 기세가 꺾일 줄 알았는데, 서리가 내렸어도 그녀는 헐벗은 나무들 사이에서 "꿋꿋하게" 마른 풀을 모아 빵과 맥주를 만들어 먹는다. 그녀는 앞서 살펴본《아버지가 딸들에게 전하는 충고들》의 지침들을 따르지 않는 삶을 산다. 그녀는 혼자 살면서도 경제적으로 독립하여 당시 사회가 요구했던 전통적인 여성상을 거부한다. 우아하게 '레이디'로 사는 삶을 포기하고, 가난하지만 당차게 자신의 인생을 산다. 경제적 독립을 성취한 부인이기에 성에서 부자들을 초대하는 종소리를 들어도 그녀는 당당히 미소를 지을 수 있다. 그녀는 이 시의 창작자 로빈슨의 저항적인 성격이 고스란히 투영된 인물이다.

성주는 그런 노부인이 못마땅하다. 혼자 사는 여자가 당당하고 행복하다는 것을 참을 수가 없다. 여성이 독립적으로 살 수 있다는 것은 남자에게 종속되지 않고 오히려 그가 누리고 있는 지위와 권위를 무시할 수 있다는 의미이기도 하다. 그래서 성주는 그녀가 노래 부르는 것을 금지시키지만, 그녀는 굽히지 않고 계속해서 노래를 부른다. 결국 성주는 폭력을 휘둘러 그녀를 감옥에 가둔다.

여기에서 노래를 부르는 행위는 상징적인 의미를 내포하고 있다. 두렵거나 의기소침할 때는 즐거운 노래를 흥얼거릴 수 없다. 따라서 그녀가 부르는 노래는 자립을 구가하는 여성으로서의 기쁨이 담긴 축가이자, 남성 중심 사회에 대한 저항의 노래다. 여성으로서의 독립을 포기하느니 차라리 죽는 것이 낫다고 결의한 노부인은 저항의 노래를 부르다가 결국 감옥에서 죽고 만다. 자연과 가까운 삶을 살던 노부인이 죽자, 부엉이들은 그녀의 죽음을 애도하며 성주를 괴롭혀 죽게 만든다. 그의 성대한 무덤이 보잘것없는 노부인의 무덤을 그늘지게 한다는 현재형 문장은 여성에 대한 억압이 성주의 죽음 이후에도 계속됨을 암시한다.

이 시는 표면적으로는 가난한 한 부인의 평범한 이야기를 다루고 있지만, 그 이면에는 메리 로빈슨의 인생관이 고스란히 담겨 있다. 그녀는 인생에서 제대로 된 남자를 얼마나 만났을까? 아버지로부터 버림받고, 사기 결혼으로 감옥에 갇히고, 영국 왕자는 그녀를 정부로 삼았다. 그녀의 삶에서 변변한 남자는 별로 없었다. 이 시에서 성주는 그런 남자들을 상징한다.

대체로 자신의 신세를 하소연하거나 한탄했던 다른 여성 시인들의 작품과는 달리 이 시에서는 불굴의 저항 정신이 느껴진다. 누군가에게 의지하지 않고 온전히 자기 힘으로 삶을 일궈간다는 경쾌한 자긍심. 제도와 관습의 굴레를 벗어나 내 식대로 자유롭게 살겠다는 분방함. 비록 순탄한 인생은 아니었을지언정 로빈슨은 분명 결곡한 주체 의식을 가지고 멋진 삶을 살았던 여성이었다.

낭만적인 삶을 위하여

언젠가 《영국, 바꾸지 않아도 행복한 나라》라는 제목의 책을 본 적이 있습니다. 영국을 참 재미있게 표현한 제목이라는 생각이 들 었죠. 바뀌지 않고도 행복할 수 있기란 그리 쉬운 일이 아니기 때문 입니다. 변화 없음을 정체, 변화는 발전이라고 여기는 우리에게는 더욱 그렇습니다. 예전에 어느 정치인이 자신은 하루에도 몇 번씩 변한다고 자랑 삼아 말하는 것을 들은 적이 있습니다. 우리의 의식 에는 선진국이 되려면 무조건 '변해야 한다'는 인식이 깊이 자리한 것 같습니다. 물론 효율성을 높이고 더 잘살고자 하는 욕구가 잘못 된 것은 아닙니다만, '변화'만을 맹목적으로 추종하는 것도 문제라 고 생각합니다. 이는 우리가 지나온 과거를 존중하지 않고 무조건 부정한다는 뜻이기 때문이죠.

변화를 추구한다는 것은 미래지향적이고 개선하려는 의지를 내세운다는 의미로 비춰집니다. 그래서 위정자들은 자신들이 추구하고 이룩한 변화를 개선의 치적으로 삼으려고 합니다. 많은 변화를 일으켰다는 것은 그만큼 많은 업적을 쌓았다는 의미로 포장되기 때문에 서로 앞을 다투어 변화를 추구하는 것 같습니다. 물론 잘못된 관행이나 관습을 개선하는 것은 꼭 필요한 일이죠. 그러나 불필요한 변화까지 추구하다 보면 자칫 우리 정체성의 파괴를 초래할 수도 있습니다. 그런데 변화에 대한 맹목적 추종이 비단 정치 영역에서의 일만은 아닌 것 같습니다. 우리 문화 전반에 걸쳐 변화 자체가 미덕으로 여겨진다고나 할까요.

'테드TED'에서 일본의 주소 체계에 대한 강연을 본 적이 있습니다. 일본에는 서구와 달리 거리에 이름이 없다고 합니다. 왜냐하면 각 블록마다 이름이 있어서 별도로 거리에 이름을 붙일 필요가 없다는 설명이었죠. 주소 체계도 간단해서 길 찾기가 매우 쉽다고 합니다. 이 강연의 취지는 주소를 반드시 거리 이름으로 정해야 한다는 서양식의 고정관념을 깨뜨려야 한다는 것이었습니다. 몇 년 전 정부는 전 세계에서 주소에 도로명을 쓰지 않는 나라는 일본과 우리나라뿐이라는 이유로 주소 체계를 전면적으로 개편했습니다. 그 결과, 서울 종로구에서는 500여 년의 역사를 간직한 동네 이름 70여 개 중 83퍼센트가 사라졌다는 기사를 읽은 적이 있습니다. 정겹고도 아기자기하고 유서 깊은 동네의 이름들이 사라졌다고 하는데요. 과연 도로명 주소로 인해 우리의 생활이 얼마나 편리해졌는지 의문이 듭니다. 이제 '성북동 비둘기'는 성북동이라는 동네가 아니라 '성북로'라는 길 위에서 사는 비둘기가 되어버렸습니다. 어디를 가나 '디지털로', '미래로'라는 급조된 도로명도 흔합니다. 왜 우리의 오랜 역사가 깃든 동네 이름은 별 아무런 의미도 없는 '디지털로', '미래로' 같은 이름으로 바꿔야 할까요? 변화를 위해 우리의 오랜 정서가 희생당하는 현실이 안타까울 뿐입니다.

변화에 민감한 것은 방송 매체도 마찬가지입니다. 우리가 매일 쓰는 언어로 예를 들어보죠. 요즘 뉴스나 일기예보를 보다 보면 유난히 '다만'이라는 단어를 많이 사용하는 것 같습니다. '다만'은 잘 알다시피 '앞에서 서술한 말을 한정하거나 예외적인 조건을 덧붙일 때' 쓰는 말인데, 문맥에 상관없이 아무 때나 쓰는 것을 자주 보게 됩니다. 왜 그럴까요? 남들이 그렇게 쓰기 때문이겠죠. 또 '위드 코로나'라는 영어 표현이 한창 유행했었죠. 그런데 생각해봅시다. 코로나가 발생한 지 2년이 넘어가는 시점인데, 이제 와서 '코로나와 함께하는 시대'라니 이게 무슨 말일까요? 방역을 완화한다는 의미와 별로 다를 게 없는데, 마치 새로운 개념의 단어인 양 '위드 코로나'라는 단어를 너나없이 쓰고 있죠. 경쟁적으로 무분별하게 영어를 사용하는 요즘의 세태가 반영된 현상인 것 같은데, 방송 매체에서 잘못된 말을 비판 없이 반복해서 사용했다는 사실이 놀라울 따름입니다.

　일상적인 우리들의 언어생활을 돌아봐도 상황은 비슷합니다. 작별 인사를 예로 들어보겠습니다. 언제부턴가 우리는 헤어질 때, '잘'이나 '안녕히'라는 말을 빼고 '가세요'라는 축약된 말로 작별 인사를 하기 시작했습니다. 영어식으로 표현한다면 'go'가 될 텐데, 이 말은 영어권에서 헤어짐의 인사로 쓰일 수 없습니다. 심지어 어디에 들어가는 상황도 아닌데 '들어가세요'라고 작별 인사를 하는 사람도 많아졌죠. 왜 인사말이 이렇게 바뀌어야 할까요? 그뿐이 아닙니다. 요즘은 존댓말 사용법도 이상하게 바뀌어서 '이 영화 좋아하실까요?', '여기에 앉으실 게요', '요금은 만 원이세요'라는 말들을 심심치 않게 듣게 되었습니다. 그리고 '우와!'라고 외치는 우리식 감탄사마저도 영어식인 '와우!'로 바뀌었죠. 이렇게 우리의 언어생활이 변화해버린 데에는 특별한 이유가 있다기보다 남들이 그렇게 말하니까 그냥 따라 하다 보니 그렇게 된 것이 아닐까요?

　'낭만'이 '변화'와 무슨 연관이 있을까라는 의문이 들지도 모르겠습니다만, 지금까지 살펴본 대로 낭만주의자들이 추구했던 삶의 태도 중 하나는 바로 자신의 생각과 느낌에 따라 사는 것이었습니다. 저는 우리가 매일 쓰는 언어를 예로 들었지만, 요즘 우리는 생활의 여러 방면에서 자신의 생각과 느낌을 중심에 두기보다는 다른 사람들의 취향을 따르는 경우가 많은 것 같습니다. '이것이 대세입니다'라는 말이 흔한 선전 문구가 된 이 시대에 '대세'가 아니라 '자신의 생각과 느낌'에 따라 살기란 그리 쉽지는 않은 것 같습니다.

요즘 골프가 대세라는데, 자연보호에 관심이 많은 저는 그런 유행을 우려하지 않을 수 없더군요. 골프장 하나가 유발하는 자연 훼손과 환경오염의 피해는 실로 막대하니까요. 키르케고르가 집필한 《이것이냐, 저것이냐》라는 책의 제목이 암시하듯이, 군중 속에 뒤섞이기보다는 이것이든 저것이든 자신의 자유의지로 선택할 때, 나 자신을 실현하는 순간이 찾아오지 않을까요?

—

낭만주의의 또 하나의 중요한 특징은 바로 자연입니다. 제가 영국의 풍경 중에서 좋아하는 것 중 하나는 대도시의 번화가를 제외하고는 네온사인이 없다는 겁니다. 밤 기차 여행을 하며 창문 밖을 바라보면 우리나라는 대도시든 소도시든 온갖 형형색색의 네온사인이 밤을 밝히고 있죠. 술집, 모텔, 상가 등 눈이 어지러울 정도로 불빛이 번쩍거려서 눈으로 보기만 해도 귓가가 소란스러운 느낌이 들 정도입니다. 하지만 영국에서는 밤에 네온사인 불빛을 보기가 어렵습니다. 덕분에 영국의 밤은 고요하고 정겨운 느낌이 듭니다.

해가 저문 밤에 자연 그대로의 어둠을 빛으로 방해하지 않고 오롯이 누릴 줄 아는 영국의 감성이 부러울 때가 있습니다. 어두운 밤하늘을 빛이 침범하지 못하게 하는 영국인들의 태도는 사뭇 낭만적입니다. 자연의 흐름을 거스르지 않고 그대로 존중하는 자세, 사람보다 자연을 먼저 생각하는 것이 결국엔 사람에게 이로운 것이라고 생각했던 낭만주의 정신과 상통하는 것이죠. 오늘날 영국인들에게는 19세기 낭만주의의 피가 여전히 이어져 흐르고 있는 것이 아닐까 싶습니다.

최근 미국의 한 천문학자가 뉴잉글랜드에서 살다가 피츠버그로 이사한 이후로 더 이상 은하수를 볼 수 없게 되었다면서 '빛 공해'를 줄여야 한다고 주장했습니다. 예전처럼 밤이 밤답게 어둠에 잠기면 사람들은 별빛이 반짝이는 하늘을 더욱 자주 쳐다볼 거고, 그 시선은 곧 경이로움으로 이어질 것이며, 결국 인류는 우주를 더 가깝게 느끼게 될 것이라고 말이죠. 빛 공해로 인해 밝아진 밤하늘을 다시 어둡게 만들려는 '국제 어두운 밤 협회International Dark Sky Association'라는 비영리단체가 활동 중이라고 합니다. 이처럼 나와 비슷한 생각을 가진 사람들이 존재한다는 것은 참 반가운 일이 아닐 수 없습니다.

한밤에도 넘치는 빛 가운데에 서 있는 인간은 더 이상 하늘을 쳐다보지 않습니다. 우리의 시선은 별빛에 가닿지 않죠. 아니, 우리의 눈에는 더 이상 별이 보이지 않습니다. 휘황한 지상의 빛에 온통 시선을 빼앗겨버렸기 때문이죠. 우리가 다시금 회복해야 하는 감수성과 낭만은 문명의 강렬한 빛이 압도하고 있는 밤하늘에서도 여전히 희미하게나마 반짝이는 저 별빛과 함께 빛나고 있다고 저는 믿습니다.

언젠가 밤에 불 켜진 아파트 단지 근처를 지나다가 문득, 성냥갑처럼 똑같이 생긴 아파트들이 틀에 박힌 인생을 사는 우리의 모습을 상징적으로 보여주고 있다는 생각이 들었습니다. 워즈워스가 그의 시 〈우리는 너무 세속적으로 살고 있다The world is too much with us〉에서 "우리의 것인 자연을 바라보지도 않고, 우리는 돈을 벌고 쓰는 데 온 힘을 낭비하고 있구나"라고 말한 것이 생각납니다. 그의 말대로, 우리 곁의 자연에 시선을 건네며 어떻게 사는 삶이 좋은 삶인지 되돌아보기보다는 어떻게 하면 많이 벌고, 많이 먹고, 많이 소비할지 골몰하며 우리는 살고 있는 것이 아닐까요? 이런 우리에게 낭만주의 시대 작가들의 삶과 그들의 문학작품은 잠시나마 숨고를 여유를 선사합니다. 낭만주의 시인들처럼 자연 속에서, 자발적으로 선택한 고독함 속에서 자기 내면의 소리에 귀를 기울일 때, 우리는 외부의 여러 가지 영향에 흔들리지 않고 진정한 자기다움을 펼치며 살아갈 수 있지 않을까요? 여러 대중 매체를 통해 온갖 정보가 무분별하게 쇄도하고 넘쳐나는 21세기를 살아가는 우리의 영혼이 제대로 채워져 있는지를 되돌아봐야 할 때입니다. 아무리 생활이 편리하고 윤택해져도, 워즈워스의 말대로 푸른 하늘에 뜬 무지개를 보고 가슴이 뛰지 않는다면 그 인생이 무슨 의미가 있을까요?

4차 산업혁명 시대를 통과해갈수록 우리는 점점 더 낭만으로부터 멀어지고 있는 것 같습니다. 10여 년 전만 해도 제가 가르치던 영국 낭만주의 강좌에는 수강생이 너무 많아서 인원 제한을 할 정도였습니다. 그런데 언젠가부터 수강생이 하나둘씩 사라지더니 이제는 몇 명 안 되는 학생들이 자리를 지키고 있습니다. 우리의 낭만도 이처럼 하나둘씩 사라져가고 있는 건 아닌가 싶어 마음 한구석이 허우룩해집니다. 미래로 나아갈수록 낭만이 일상의 한 부분이었던 시절로부터 우리는 점점 멀어져가는 것은 아닐까 걱정도 됩니다.

영화 〈초원의 빛〉의 마지막 장면처럼, 이제 앞에서 읽었던 워즈워스의 시의 한 구절을 다시 떠올리며 이야기의 막을 내릴까 합니다. 우리가 그 시절을 되돌릴 수는 없을지라도 한 줌의 희망은 간직한 채 말입니다.

비록 초원의 빛과 꽃의 영광의 시절을
되돌릴 수 없다 하더라도,
우리는 슬퍼하지 않으리라,
오히려 남은 것에서 용기를 얻으리니.

Though nothing can bring back the hour
Of splendour in the grass, of glory in the flower;
We will grieve not, rather find
Strength in what remains behind;

낭만을 잊은 그대에게

초판 1쇄 인쇄 2022년 7월 19일
초판 1쇄 발행 2022년 8월 1일

지은이 김성중
펴낸이 유정연

이사 김귀분
책임편집 조현주 **기획편집** 신성식 심설아 유리슬아 이가람 서옥수 **디자인** 안수진 기경란
마케팅 이승헌 반지영 박중혁 김예은 **제작** 임정호 **경영지원** 박소영

펴낸곳 흐름출판(주) **출판등록** 제313-2003-199호(2003년 5월 28일)
주소 서울시 마포구 월드컵북로5길 48-9(서교동)
전화 (02)325-4944 **팩스** (02)325-4945 **이메일** book@hbooks.co.kr
홈페이지 http://www.hbooks.co.kr **블로그** blog.naver.com/nextwave7
출력·인쇄·제본 (주)상지사 **용지** 월드페이퍼(주) **후가공** (주)이지앤비(특허 제10-1081185호)

ISBN 978-89-6596-520-6 03840